Cheyenne

CHEYENNE

DANIEL BORGELDT • ROMAN

ventil

Daniel Borgeldt ist ausgebildeter Buchhändler, studierte Literaturwissenschaft, Philosophie und Italienisch und lehrt Deutsch als Zweitsprache an einer Berufsschule. 1982 in Melle (Niedersachsen) geboren, kehrte er seiner Heimatstadt den Rücken, um in Bielefeld sein Abitur nachzuholen. Heute lebt er mit seiner Familie in Mainz und schreibt. 2020 erschien sein Debüt »Schnulzenroman – Die Autobiografie des Heinrich Fraunhofer aka Danny Silver«.

FSC
www.fsc.org
MIX
Papier aus verantwortungsvollen Quellen
FSC® C083411

1. Auflage Oktober 2023

ISBN 978-3-95575-213-2
Lektorat: Jonas Engelmann
Gestaltung und Satz: Oliver Schmitt
Druck und Bindung: CPI books GmbH, Leck

Ventil Verlag, Boppstraße 25, 55118 Mainz
www.ventil-verlag.de

Für Elsa und Ilja. Und immer für Judith.

»Silly Caucasian girl likes to play with samurai swords.«

O-Ren Ishii, *Kill Bill Vol. 1*

LANGEWEILE

Im Frühling waren wir wie Idioten.

Vielleicht, weil auch die Natur verrücktspielte. Alles war grün und blühte und wollte nur noch vögeln und Kinder kriegen. Jedenfalls weiß ich noch, wie Tuncer sagte: »Komm, wir gehen da rein.« Und Bella kicherte nur blöde und Mark fragte: »Was? Da? Einfach so?« Und Tuncer: »Na, sicher.«

Tuncer war der Einzige von uns, der noch einigermaßen klar war. Weil er der Fahrer war, sein Auto und so. Und plötzlich waren wir drin. Rumms! Die Tür fiel hinter uns zu. Und Mark meinte: »Die haben hier bestimmt überall Kameras. Wir brauchen Masken.« »Blödsinn!«, sagte Tuncer.

Bella nahm meine Hand. Zog mich in ein Zimmer. Da war ein riesiger Esstisch mit Stühlen und so ein alter Küchenschrank mit Glasfenstern. Die Leute hier mussten wirklich Kohle haben. Bella setzte sich an den Tisch, kicherte wieder und meinte: »Scheiße, Cheyenne, ich komm nicht klar, ich komm nicht klar.«

Da musste ich auch lachen und konnte nur noch rausprusten: »Ich doch auch nicht.«

Aus dem Nebenraum riefen die Jungs: »Wo seid ihr? Kommt mal her. Wir haben was gefunden.« Aber als ich mit Bella rübergehen wollte, meinte sie, ihr ist schlecht und sie braucht nen Augenblick. Also bin ich allein rüber. Die Jungs waren in einem riesigen Raum mit Sofas und Sesseln, Teppichen und Bildern an der Wand. Sah alles irgendwie edel aus. Und in der einen Ecke ein großes Regal mit zig Büchern. Die Jungs standen vor einem kleinen Tisch mit Glastüren. »Guck mal, Baby«, sagte Tuncer, »wir haben die

Minibar gefunden.« Er guckte sich eine Flasche an, auf der *Whisky* stand und ein Name, den kein Mensch aussprechen konnte. »Der ist bestimmt scheißteuer. Wir sollten ihn mitnehmen und verkaufen.« »Spinnst du?«, sagte Mark, »den trinken wir selber.« »Ich kann nicht.« »Warum?« »Tuncer trinkt doch keinen Alkohol, du Idiot«, sagte ich. »Ach, aber kiffen wie ein Blöder, ist okay, oder was?«, grinste Mark. »Ich sage, den trinken wir selbst.« Und dann: »Scheint ja wirklich keiner da zu sein.« »Ich weiß, ich kenn die Leute, die hier wohnen«, sagte Tuncer. »Ein altes Ehepaar. Die sind alle drei Wochen in ihrem Ferienhaus auf Ibiza.«

Plötzlich hörte man aus dem Nebenzimmer Würggeräusche. Wir gingen rüber und sahen, wie Bella quer über den Tisch kotzte. Und wussten nicht, ob wir lachen oder schreien sollten. Dann hielten wir uns alle die Nasen zu und mussten doch lachen. Als Bella fertig war, meinte Mark, wir gehen jetzt besser. Also klemmten Tuncer und ich uns Bella unter und machten, dass wir wegkamen. Mark schrie die ganze Zeit: »Scheiße! Scheiße! Scheiße! Die kriegen uns! Die Bullen haben jetzt deine DNA, Bella!« Tuncer sagte nur: »Wehe, du kotzt mich oder mein Auto voll.« Und ich bekam einen Lachflash, konnte nichts anderes mehr, selbst als wir längst im Auto saßen und auf und davon waren.

Mit Tuncer war ich sechs Monate zusammen. War zwei Jahre älter als ich. Am Anfang fand ich ihn irgendwie süß, obwohl er überhaupt nicht mein Typ war. Viel zu prollig. Er wollte Rapper werden. War auch gar nicht so schlecht, glaub ich. Aber ich kannte mich da nicht aus. Seine Eltern hatten einen Dönerladen, in dem er manchmal arbeitete. Mit ihm hatte ich mein erstes Mal. Er war, glaub ich, auch noch Jungfrau, tat aber so, als hätte er schon viele gehabt. Der Idiot. Nach einiger Zeit wurde es mir mit ihm furchtbar langweilig. Er wollte nur noch vögeln. Ich meine, es war nett, aber auch nicht mehr.

Außerdem fing er plötzlich damit an, dass er mich liebte und heiraten wollte, aber das würde nur gehen, wenn ich zum Islam übertrete, wegen seiner Eltern.

Da war ich weg. Hab mit ihm Schluss gemacht über WhatsApp. War nicht so toll. Ich weiß. Aber ich war auch noch ziemlich jung damals. Tuncer ist mir noch wochenlang hinterhergelaufen. Ich wollte nichts mehr von ihm wissen. Irgendwann wartete er vor der Schule auf mich und rief zu mir rüber, ich sei ne Hure. Seine Leute lachten. Da bin ich zu ihm hin und sagte: »Ich bin ne Hure? Fick dich selbst.« Und hab ihm ne Backpfeife gegeben. Ich hab nicht doll zugeschlagen, aber ich weiß nicht, was passiert wär, wenn da nicht plötzlich Herr Schneider gestanden wär und dann ist eben nichts mehr passiert. Tuncer stieg in seinen Golf und raste davon.

DER MENSCH BRAUCHT ZIELE IM LEBEN

Erinnerungen kriechen wie Kakerlaken in mir hoch. Und wenn sie oben sind, fallen sie aus mir raus. Auf mich runter.

Mit Schule konnte ich nicht viel anfangen. Ich meine, es war nicht furchtbar schwer für mich, aber ich lernte nie und machte eben so mein Ding. Ich erinner mich noch an die Zeugnisverleihung. Unser Schuldirektor, Herr Fischer, fast zwei Meter groß mit grauen Haaren, übergab auf einer Bühne in der Schulaula jedem sein Zeugnis und schüttelte ihm die Hand. Seine Hände waren riesig und feucht.

Bei unserer Abschlussfeier erwischte ich Tuncer und Bella knutschend hinter einem Busch. Bella kam sofort zu mir und sagte, dass es ihr leidtut. Ich meinte nur: »Macht nichts, macht nichts. Ist mir eigentlich egal.«

Dann setzte ich mich auf eine Bank vor dem Saal und zündete mir eine Zigarette an, beobachtete die Leute, meine Mitschüler, die jetzt nicht mehr meine Mitschüler waren, wie sie sich freuten, feierten, heimlich hinter den Büschen tranken, rauchten, kifften und froh waren, dass die Schule vorbei war. Aber worüber freuten sie sich eigentlich? Dass sie jetzt den Rest ihres Lebens arbeiten mussten, in Jobs, die scheiße waren? Vielleicht freuten sie sich auch nur darüber, dass endlich irgendwas in ihrem Leben vorbei war.

Ich weiß noch, dass Astrid plötzlich neben mir stand und auf meine Zigarette starrte mit nem Blick, als würd sie sie mir gleich aus der Hand schlagen. Aber dann setzte sie sich neben mich, lächelte und zündete sich auch eine an. Sie sagte so was wie:

»Na ja. Hast es dir ja verdient. Wollen wir mal nicht so sein.«

Astrid war unsere Sozialarbeiterin. Tauchte nach dem Tod von Papa bei uns auf. Ein paar Tage nach der Beerdigung klingelte es an der Tür. Ich war in meinem Zimmer und hörte, wie Troy öffnete und eine Frau sagte: »Hallo. Ich bin Astrid. Du musst Troy sein.«

Fünf Minuten später saßen wir zu dritt in der Küche, tranken Tee und Astrid stellte uns Fragen. Sie wollte uns näher kennenlernen, sagte sie. Mich fragte sie, wie es in der Schule lief. Super, antwortete ich. Troy fragte sie, was er denn nun weiter vorhat. Er wäre ja nun volljährig und hätte auch nen Schulabschluss, aber seit zwei Jahren arbeitslos. Ob er denn nicht eine Ausbildung machen wollte? Troy meinte, er würde sich bewerben, hätte aber keine Antworten bekommen. Das stimmte natürlich nicht. Seit die Schule vorbei war, tat Troy eigentlich nichts anderes als Computer zu spielen, Gras zu verkaufen oder selbst heimlich zu kiffen, wobei Papa ja sowieso seit Jahren nichts mehr mitbekommen hatte und Troy es gar nicht heimlich hätte tun müssen. Manchmal, aber nur ganz selten, waren die beiden zusammen auf die Arbeit gegangen, wenn Papa gerade eine hatte. Er kam dann ins Wohnzimmer und sagte: »Komm mit, Troy.« Mehr sagte er nicht, aber es war klar, dass sie dann beide erst ganz spät abends wiederkamen, müde und verschwitzt.

Astrid war eigentlich ganz okay. Sie sagte, sie wollte uns helfen, aber wir müssten selber auch wollen. Dann ließ sie ihre Karte mit einer Telefonnummer da und meinte, wir könnten sie jederzeit anrufen, wenn wir etwas brauchten oder einfach nur quatschen wollten. Schließlich sagte sie noch, dass sie von jetzt an zweimal die Woche nach uns schauen würde.

Als sie weg war, atmete Troy tief ein und aus, ging ins Wohnzimmer, holte seine Bong aus dem Versteck und begann zu rauchen.

Ich meinte: »Muss das jetzt sein, du Idiot?« Und er nur: »Na klar, nach dem Stress!«

Also, ich hab ja nichts dagegen, wenn man sich ab und zu mal abschießt, aber wie Astrid immer sagte: »Der Mensch braucht Ziele im Leben!«

ENVER HOXHA WAR EIN ARSCHLOCH

Und dann meinte Astrid, ich soll eine Ausbildung machen. Also gut. Sie sagte: Spring! Und ich sprang! Aber ich fand nichts. Stattdessen bekam ich einfach so einen Job, als Verkäuferin im Klamottenladen Best Price Fashion. Neun Stunden lang Lager aufräumen, Klamotten zusammenlegen, verkaufen und freundlich zu den Kunden sein, auch wenn sie mir auf die Titten und den Arsch glotzten. Und abends die wunden Füße kühlen, während ich neben Troy auf dem Sofa saß und fernsehen guckte. Troy kiffte jeden Abend. Manchmal streamte er auch Filme aus dem Internet. Von irgendwelchen illegalen Plattformen. Ich weiß noch, wie wir mal *Pulp Fiction* schauten und Troy meinte, das sei ein »absoluter Kultfilm«. Nach zwanzig Minuten ist er dann völlig bekifft eingeschlafen und ich guckte mir den Film bis zum Schluss an. Ich mochte ihn.

Ich fühlte immer weniger damals. Saß neben den Menschen im Bus, begegnete ihnen auf der Straße und konnte sie doch nie erreichen. Dachte, das wars. Ich würde von jetzt an für immer bei Best Price Fashion oder einem ähnlichen Scheißladen arbeiten. Bis alles vorbei wäre.

Manchmal fuhr ich am Wochenende mit dem Zug nach Frankfurt, ging am Main spazieren, rauchte eine Zigarette und starrte aufs Wasser. Das Licht brach sich auf den großen und kleinen Wellen und eigentlich hätte alles ganz schön sein können, wenn nicht alles so schrecklich gewesen wäre.

Oma kam häufig vorbei und versuchte, mich aufzumuntern. Sie kochte für uns, machte Tee oder ein wenig sauber. Wenn es mir wieder gerade richtig schlecht ging, sagte sie häufig: »Ich weiß, du bist stark und klug, mein Schatz. Du bist eine Kriegerin, Cheyenne!«

Sie ist die coolste Frau, die mir je begegnet ist. Sie regelte das alles mit dem Jugendamt. Dass Troy und ich in dem Haus bleiben konnten, obwohl die Leute meinten, wir sollten doch lieber umziehen, weil unser Vater dort gestorben war. Aber wir sagten: »Na und? Wir bleiben hier. Das ist unser Zuhause!«

»Ihr seid so stur wie euer Großvater«, meinte Oma dann immer und lächelte.

Opa war auch schon tot. Ich weiß nur, dass er im Kino starb. Er wollte sich *Das Fünfte Element* ansehen. Oma war nicht mit dabei. Hatte anderes zu tun. Warum Opa diesen seltsamen Science-Fiction-Film sehen wollte, weiß ich nicht. Vielleicht erinnerte ihn der Überwachungsstaat im Film ein bisschen an Albanien. Als das Licht anging, verließen alle das Kino. Nur Opa nicht. Der blieb sitzen. Herzinfarkt.

Opa war Kommunist. Das sagte Oma immer. Sie waren beide aus Albanien hergekommen, weil der Oberkommunist, Enver Hoxha, so ein Arschloch war und die Leute nicht aus dem Land lassen wollte und alle verhaften und umbringen ließ, die gegen ihn waren. Aber nicht Opa und Oma. Die hatten es geschafft abzuhauen. Weiß noch, wie ich mir als Kind immer vorgestellt hab, wie die beiden aus dem Gefängnis in Albanien ausbrechen, in gestreifter Sträflingskleidung, mit Ketten und Kugeln am Bein und so.

»Enver Hoxha war ein Arschloch«, sagte Oma immer, »Todor Schiwkow war ein Arschloch mit einer Macke, Ceauşescu war ein Arschloch mit einem Minderwertigkeitskomplex und Stalin war eines der größten Arschlöcher, die man sich überhaupt vorstellen kann. Aber Marx und Engels, das waren intelligente, bodenständige Leute.«

Dann sagte sie noch, dass Enver Hoxha unseren Opa beinahe vom Kommunismus abgebracht hätte. Aber eben nur beinahe.

Oma meinte, dass die Deutschen am Anfang nicht besonders nett zu ihr und Opa waren.

»Weißt du, Cheyenne, mein Schatz, es ist in Deutschland so wie überall auf der Welt. Es gibt hier Leute, die sind so nett, dass du es nicht für möglich hältst und es gibt hier Leute, die sind so riesengroße Arschlöcher, dass du es ebenfalls nicht für möglich hältst.«

Oma und Opa schufteten wie verrückt, um über die Runden zu kommen. Als sie genug Geld zusammen hatten, machten sie eine Pizzeria auf. Sie nannten sie Pizzeria Roma, obwohl sie Albaner waren. Aber scheißegal. Die Leute kaufen keine Pizza bei Pizzeria Tirana, meinte Oma. Dann bekamen sie eine Tochter. Sie wollten ihr einen deutschen Namen geben, damit sie in der Schule oder sonstwo weniger Probleme hätte. Also lief Opa herum und fragte die Leute, welche Namen gerade beliebt waren.

Sie nannten ihre Tochter Birgit. Das war meine Mama. Nur zwei Jahre nach meiner Geburt starb sie an einem beschissenen Hirntumor. Angeblich bin ich überall rumgelaufen und hab erzählt, meine Mama wäre von einem Krebs totgezwickt worden. Süß, was?

Wenn Oma in der Pizzeria arbeitete, gingen wir häufig zu ihr. Das heißt, meistens ging ich allein. Troy war irgendwo unterwegs oder schaffte es nicht, vom Sofa hochzukommen.

Kurz nach der Beerdigung von Papa, hatte sie mir ein Spiel geschenkt. Solitaire. So ein Brettspiel, das man nur allein spielen kann. Bei dem man möglichst viele Spielsteine loswerden muss. Oma spielte es ständig und hatte zig Möglichkeiten im Kopf, am Ende bei nur einem Stein rauszukommen. Aber sie verriet mir keine einzige davon. Meinte, ich bin »ein schlaues Mädchen«, das von alleine darauf kommen würde. Sonst wäre das Betrug und

Betrug konnte sie nicht leiden. Sie verriet mir auch, was sie selbst an dem Spiel so mochte.

»Bei einem Spiel, das du alleine spielst, kann dich niemand bescheißen, außer dir selbst. Das ist eine wichtige Lektion fürs Leben, mein Schatz!«

Dann sagte sie noch, dass das Spielbrett meiner Mutter gehört hatte.

TALKING BUSINESS

Heute führe ich ein ruhiges Leben. Hat auch lange genug gedauert. Was ich hier aufschreibe, ist Jahrhunderte her. So fühlt es sich an. Ist aber in Wahrheit vor weniger als zehn Jahren passiert. Ich bin seit langem raus aus dem ganzen Scheiß. Doch wenn ich mich hinsetze und das aufschreibe, dann seh ich wieder das Mädchen vor mir, das ich damals war. Ich fang dann auch an so zu denken und zu reden oder besser, zu schreiben wie sie. Ich meine, ich hab ja in der Schule nie so viel aufgepasst. Und später musste ich eben arbeiten. Deswegen ist meine Sprache wohl ziemlich im Arsch. Aber ich versuche rauszuholen, was geht. Weil ich langsam irgendwem davon erzählen muss. Sonst werde ich bekloppt.

Es ist nicht so einfach, alles zu erinnern, aber wenn man erst mal den Anfang geschafft hat, geht es irgendwann wie von selbst. Als würde wieder eine andere Person hier sitzen und schreiben. Keine Ahnung. Jedenfalls funktioniert es. Schwer wird es eigentlich nur, wenn ich an bestimmte Leute denke. Oma gehört dazu.

Es dauerte lange Zeit, bis ich überhaupt verstand, was sie da machte. Obwohl mir schon als Kind klar war, dass da irgendwas anders war als bei anderen Leuten. Wenn ich früher nach der Schule zu ihr ging, saß sie meistens an einem Tisch in der Nähe der Kasse, von dem aus sie den Eingang beobachten konnte, weil sie den Überblick behalten wollte, wie sie sagte. Auf ihrem Tisch lagen immer eine Menge Papiere mit Zahlen und Tabellen, die ich nicht verstand. Neben ihr stand eine kleine Rechenmaschine und sie war ständig damit beschäftigt, irgendwas auszurechnen.

Sie hatte einige Angestellte. Breit gebaute Typen in schwarzen

Anzügen. Mit Sonnenbrillen und Gesichtern wie aus Beton. Sie sahen aus wie in *Pulp Fiction*. Ständig kamen oder gingen sie und sprachen mit meiner Oma auf Albanisch. Eine Sprache, die ich nicht verstehe, weil mit mir nie jemand Albanisch gesprochen hat. Oma wollte immer nur Deutsch mit mir sprechen. Gut, ein ganz bisschen versteh ich schon. Aber nicht viel.

Omas Angestellte brachten immer Pakete oder Taschen mit. Manchmal kamen auch andere Leute und meine Oma stand dann auf, begrüßte sie, setzte sich mit ihnen an einen der Tische und sie unterhielten sich. Dann tauschten sie braune Umschläge aus. Und lächelten sich an.

Von Zeit zu Zeit kam es vor, dass die Polizei auftauchte und die Pizzeria meiner Oma durchsuchte. Dabei war immer ein Polizist, der gar nicht so aussah wie einer. Er trug keine Uniform, meist einen langen Mantel und Stoffhosen, war eher klein, mit breiten Schultern, kurzgeschorenen blonden Haaren und glattrasiert. Er sah ein bisschen aus wie ein zu groß geratener Terrier. Seine Augen waren blau, stahlblau, wie man so sagt und ich weiß noch, dass ich als Kind immer Angst vor diesen Augen hatte. Falls sie mich zufällig trafen, blickte ich sofort zu Boden.

Wenn er mit seinen Kollegen, die alle Uniform trugen, auftauchte, kam ihm meine Oma immer schon entgegen und sagte so was wie: »Herr Kowalski, kommen Sie mich auch mal wieder besuchen?« Oder: »Darf ich Ihnen einen Espresso anbieten? Wir aus dem Ostblock müssen doch zusammenhalten.«

Ich weiß noch, wie verwirrt ich war, als ich später rausfand, dass Kowalski gar nicht aus dem Ostblock kam, sondern in Deutschland aufgewachsen war und dass meine Oma das wusste und es nur sagte, weil er sich darüber wirklich ärgerte. Im Laufe der Zeit kamen diese Besuche von Kowalski und seinen Kollegen immer häufiger vor, aber sie fanden nie das, wonach sie suchten, jedenfalls zogen sie jedes Mal irgendwann ab und Kowalski wünschte meiner Oma einen schönen Tag.

Manchmal kam Kowalski auch allein. Er unterhielt sich dann an einem der Tische leise mit Oma. Sie lächelte immer freundlich dabei und sagte manchmal zu mir: »Cheyenne, Schatz, bring Herrn Kowalski doch einen Cappuccino«. Aber Kowalski guckte immer wie ein Terrier, der kurz davor ist, zuzubeißen und sagte jedes Mal: »Nein danke, das ist sehr nett, aber ich habe noch zu tun und muss weiter. Aber ich komme wieder.«

»Sie sind jederzeit herzlich willkommen!«, lächelte Oma dann.

DIE FILME WAREN MEINE RETTUNG

Oft frag ich mich, wie das Ganze eigentlich angefangen hat. Vielleicht mit Thorben.

Thorben kannte ich schon fast mein ganzes Leben. Wir haben als Kinder zusammen gespielt. Dann ging er aufs Gymnasium. Ich nicht. Sah ihn jahrelang nicht wieder, bis zum Tag der Schlägerei. Es war eine dieser unendlichen, sinnlosen Schlägereien, die damals so oft vorkamen. Die Gymnasiasten vom Friedrich Schiller gegen uns von der Heinrich Böll. Schwuchteln gegen Asis, sagte jemand.

Also sind Bella und ich dahin. Tuncer und Mark tauchten natürlich auch auf. Immer, wenn es Stress gab, waren die beiden nicht weit. Schienen es zu wittern wie die Geier das Aas. Im Kreis standen zwei Typen. Die machten so Moves, wie sie sie wahrscheinlich im Kick-Box-Verein gelernt hatten. Sah bescheuert aus. Und ich dachte noch, ich geh nach Hause. Weiß sowieso nicht, warum ich mir das anguck. Da plötzlich sah ich Thorben. Er stand etwas abseits. Schwarze, krause Haare. Dünn und hoch gewachsen war er. Trug ein T-Shirt von Star Wars. Ich kann mir nicht helfen, aber ich steh einfach auf Nerds. Die Jungs bei uns waren zu prollig, mit ihrem ständigen Gelaber von Rap und geilen Autos. Im Grunde waren die alle wie Tuncer.

In der Zeit, nachdem das mit Papa passiert war, kam Thorben einmal zu mir und meinte, dass es ihm leid tut. Das fand ich irre nett.

Und jetzt stand er da und ich sah an seinem Gesicht, dass er auch keine Lust mehr hatte und nach Hause wollte. Also ging ich zu ihm. Bella war sowieso im Pulk verschwunden. Ich sprach ihn an und fragte, wie es so läuft. Er antwortete: »Gut, Cheyenne und bei dir?« »Auch. Wolltest du gerade gehen?« »Ich weiß nicht«, sagte er und schaute rüber zur Schlägerei. »Na komm, ich geh mit dir. Wir haben doch den gleichen Weg«, sagte ich. Er überlegte kurz und dann gingen wir zusammen.

Thorbens Vater war irgendwie reich. Ich wusste nur, dass er in Frankfurt arbeitete. Sie wohnten in einem ziemlich großen Haus im Randbezirk von Schwarzstetten, dahinter fing der Wald an. Ich sah, dass aus Thorbens Tasche, die er über der Schulter trug, ein Buch herausschaute und fragte ihn, was das ist.

»Ach das, das wird dich nicht interessieren.«

»Weißt du doch gar nicht.«

Er sah mich einen Augenblick lang an. Dann meinte er: »Na gut«, holte das Buch aus der Tasche und gab es mir.

Es war ziemlich dick und hieß *Die großen Regisseure und ihre Filme*. Ich blätterte ein bisschen darin. War wie ein Lexikon über Filme. Dann sah ich plötzlich außen auf dem Buch einen Namen und fragte: »Thomas Weiß. Ist der mit dir verwandt, oder was?«

»Das ist mein Vater. Er hat das Buch geschrieben. Er ist Professor in Frankfurt für Film und Medien.«

»Aha. Und ist es gut? Das Buch, mein ich?«

»Wenn man sich für Filme interessiert, ja.«

»Ich interessiere mich für Filme«, hörte ich mich sagen. So richtig stimmte das damals ja nicht. Aber ich guckte Filme ganz gerne. Also war es auch nicht falsch.

»Steht da auch was über *Pulp Fiction* drin?«

Er lächelte.

»Ja, ein ganzes Kapitel über Quentin Tarantino. Mein Vater hat schon mal ein Buch über den Gangsterfilm der Neunziger geschrieben und wie Tarantino den verändert hat.«

Ich verstand damals nicht so viel, tat aber so. Er war einfach zu süß. Außerdem wollte ich natürlich nicht zeigen, dass ich keine Ahnung hatte.

»Kann ich es mir mal ausleihen?«, fragte ich und im nächsten Augenblick kam mir die Frage irgendwie dämlich vor.

Aber er lächelte wieder.

»Du kannst es behalten. Mein Vater hat noch ganz viele davon zu Hause.«

Ich wusste nicht, was ich sagen sollte. Also sagte ich: »Danke!«

Ich trug das Buch wie einen Schatz nach Hause und las immer und immer wieder darin. Manche Abschnitte waren wahnsinnig kompliziert geschrieben und ich verstand nichts, andere waren einfach und ich verschlang sie richtig. Aber natürlich war über Filme zu lesen, nur halb so gut, wie sie zu sehen. Also ließ ich mir von Troy zeigen, wie man im Internet an die Filme rankam. Ich glaube, das war so was wie meine Rettung. Durch die Filme konnte ich mich auf was anderes konzentrieren, als ständig über mein beschissenes Leben nachzudenken.

SCHLECHTE ERINNERUNGEN

Während ich hier so sitze und schreibe und das Fenster ist gekippt, hör ich, wie draußen jemand Rasen mäht. Bei so was muss ich immer an Papa denken.

Manchmal hatte es ihn überkommen. Dann fing er an, völlig besoffen einen alten, lauten Benzinrasenmäher anzuschmeißen und wütend und planlos durch unseren verwilderten Garten zu fahren. Die Nachbarn beschwerten sich häufig über den Lärm. Papa hörte sich dann immer alles an. Ging hinterher in den Keller, wo seine Schnapsvorräte lagerten, und kam noch besoffener als vorher wieder nach oben. Um einfach weiter Rasen zu mähen. Ich glaube, er hasste unsere Nachbarn. In solchen Augenblicken liebte ich ihn für seinen Hass.

Aber das kam nicht sehr häufig vor. Meistens schrie er rum und war nicht gerade nett zu Troy und mir. Immerhin schlug er uns nicht. Die Leute sagten, er hätte angefangen zu saufen, nachdem Mama gestorben war. Ich sage, er soff, weil er Alkoholiker war. Aber kann schon sein, dass es nach ihrem Tod schlimmer wurde. Vielleicht ist er jetzt bei Mama und säuft nicht mehr. Vielleicht trinken sie jetzt auch zusammen einen. Keine Ahnung. Oma sagte immer, nach dem Tod kommt nichts mehr. Man hat nur dies eine Leben und es kommt drauf an, was man damit macht. Aber was weiß ich? Jedenfalls fühl ich mich besser bei dem Gedanken, dass Papa bei Mama ist. Vielleicht geht's ihm jetzt besser.

Er war Hausmeister in einer Turnhalle, die der Stadt gehörte. Aber eines Tages kam er nach Hause und sagte, dass er seinen Job verloren hätte. Schnarchte fünf Minuten später vor dem

Fernseher. Danach ging er nur noch manchmal arbeiten, half bei Entrümpelungen, jobbte bei Umzugsunternehmen, wer gerade Leute brauchte.

In der Nacht, als er starb, war Vollmond. Das weiß ich noch genau, weil er die ganze Zeit durch mein scheiß Fenster schien und ich nicht schlafen konnte. Ich kann halt die Jalousien nicht runterlassen. Fühl mich dann eingesperrt. Plötzlich hörte ich einen lauten Rumms und einen Schrei, der abbrach. So, als hätte ihn jemand abgeschnitten oder als hätte plötzlich jemand eine schalldichte Tür zugeschlagen.

Ich weiß nicht wieso, aber ich blieb einfach liegen, dann hörte ich Troy auf dem Flur. Er kam in mein Zimmer, setzte sich auf die Bettkante und sagte nur: »Ich glaube, Papa ist tot.«

Und damals bekam ich Mitleid mit Troy. Das war mein erstes Gefühl, als ich hörte, dass gerade mein Vater gestorben war. Ich hatte Mitleid mit meinem älteren Bruder.

Jedenfalls riefen wir dann irgendwann den Krankenwagen, warum auch immer den Krankenwagen? Wahrscheinlich, weil wir nicht wussten, wen man in so einem Fall denn überhaupt ruft. Papa lag da auf dem Boden und sah ein bisschen aus, als würde er schlafen. Irgendwie sehr entspannt. Eigentlich sah er so aus, als wüsste er, dass er es hinter sich hatte und glücklich damit war. Das tröstete mich.

VERLIEBT

Keine Ahnung, ab wann genau ich in Thorben verliebt war. Aber ich bin mir sicher, es hatte alles mit den Filmen zu tun. Vor dem Buch, das ich von Thorben bekommen hatte, guckte ich Filme wie alle anderen. Action und Komödien. Manchmal mit Bella auch nen Liebesfilm. Sie stand wahnsinnig auf dieses Zeug.

Aber *Die großen Regisseure und ihre Filme* veränderte alles. Ich fing an, im Internet die Filme zu suchen, die in dem Buch standen und stellte schnell fest, welche ich am liebsten mochte. Gangsterfilme. Ich sah alles von Quentin Tarantino und Martin Scorsese. *Pulp Fiction, Jackie Brown, Reservoir Dogs, Casino, Good Fellas, Departed.* Und so weiter.

Ich sah mir auch andere Filme an, die in dem Buch standen. Viele verstand ich nicht, fand sie aber trotzdem irgendwie interessant. Andere fand ich einfach nur blöd und langweilig. Ich glaub, ich bin so was wie ein Filmnerd. Jedenfalls kann ich sagen, dass ich wahnsinnig viele Filme gesehen habe. Aber ich bin ein Mädchen, das Action braucht. Also kein Bergman und kein Tarkovski. Echt nicht! Ich habs versucht. Wirklich!

Irgendwann hab ich dann Thorben zufällig auf der Straße getroffen und angefangen, mit ihm über Filme zu reden. Weiß nicht, wie lange wir redeten, aber es war lange. Dann meinte er, er will mir ein paar Sachen zeigen. Bei sich zu Hause auf dem Laptop. Also ging ich mit. Ich erinner mich tatsächlich nicht mehr, was genau er mir zeigen wollte. Woran ich mich aber erinner, ist, dass wir plötzlich auf seinem Bett lagen und knutschten. Und ich glaub, ab da war ich verliebt.

SOLITAIRE

Es gibt Schlimmeres als allein zu sein. Weiß nicht mehr, wo ich das mal gehört hab oder wer das gesagt hat. Jedenfalls stimmt es. Daran musste ich damals oft denken, wenn ich zu Hause war. Und allein.

Natürlich hatte ich immer Leute, die sich irgendwie um mich gekümmert haben. Meine Oma, Astrid oder manchmal sogar Troy. Aber trotzdem war ich oft allein. Besonders nachts. Ich lag dann manchmal da, wenn es ganz still war, im Dunkeln, und dachte nach.

Oder holte das Solitaire-Spiel aus der Schublade und fing an. Mach ich heute noch so. Das Solitaire-Spiel, das mal Mama gehört hat.

»Wenn alles scheiße ist, dann erinner dich an die schönen Sachen. Von da aus lässt sich der Scheiß besser ertragen.«

Das sagte Oma immer. Na ja, sie sagte nicht gerade Scheiß, aber so ähnlich war es gemeint.

Eine der schönen Sachen, das war natürlich die Zeit mit Thorben, bevor alles scheiße wurde. Ich war häufig bei ihm, in dem großen Haus am Stadtrand. Man konnte direkt zum Taunus gucken. Das war schon schön.

Thorbens Eltern waren geschieden. Seine Mutter wohnte in Berlin mit neuem Mann und neuen Kindern. Aber Thorben redete nicht so viel darüber.

Manchmal war sein Vater da. War nett. Er hatte einen Vollbart und trug immer so dunkelgrüne Cordjacketts mit Ellenbogenschonern. Am Anfang dachte ich, dass es immer das gleiche Jackett war, aber dann sah ich an der Garderobe ungefähr zehn Stück davon hängen.

Wenn er da war, war er meist in seinem Arbeitszimmer. Irgendwann kam er heraus und fragte uns: »Hunger?«

Dann bestellte er Sushi oder Burger oder was anderes. Einmal hat er sogar bei Oma Pizza bestellt. Ich glaube, er wusste nicht mal, dass die Pizzeria Oma gehörte, und wir sagten ihm nichts. Ich durfte ihn Thomas nennen. Wir redeten nicht so wahnsinnig viel miteinander, aber wenn, dann immer über Filme. Er konnte stundenlang erzählen und ich hörte zu. Meist sahen wir dann auch einen der Filme.

Ich fragte ihn mal, wie man eigentlich einen guten von einem schlechten Film unterscheidet. Er überlegte kurz, dann sagte er: »Guck dir einfach hundert Filme an, alle möglichen. Hinterher kannst du mit Sicherheit sagen, welcher gut war und welcher nicht.«

Ich fand das einen fantastischen Ratschlag.

Das Gute an Solitaire ist, man kann immer wieder von neuem anfangen. Immer wieder eine neue Chance. Das geht mit vielen Sachen im Leben nicht.

Ich hab das Gefühl, dass ich immer noch den Anfang von allem suche. Vielleicht gibt es aber auch gar nicht den einen Anfang, sondern mehrere.

Irgendwann tauchte zum Beispiel plötzlich Tuncer bei mir im Laden auf.

Stand einfach da und grinste mich an. Ich war gerade allein. Der Laden war nicht groß und meine Kollegin hatte Pause.

»Wie geht's, Cheyenne?«

»Was willst du denn hier?«

»Bist doch nicht mehr sauer auf mich wegen Bella, oder? Eigentlich müsste ich auf dich sauer sein. Aber egal!«

Dann fragte er, ob wir nicht ne Zigarette rauchen wollen. Und ich dachte: Ach, scheißegal. Hab auch eigentlich kein Problem mit ihm.

Wie wir da so vor dem Laden standen, fing er an: »Weißt du noch damals?«, und diese ganze Scheiße. »Wie wir immer bei den Reichen eingestiegen sind?«

»War doch nur einmal.«

»Trotzdem.«

Dann redete er weiter und ich hörte zu. Er wohnte jetzt in Frankfurt mit Mark zusammen.

»Die Geschäfte laufen gut.«

»Welche Geschäfte?«

»Na, Geschäfte eben.«

»Aha.«

»Siehst du Bella noch?«

»Nicht mehr so häufig.«

»Wenn du sie siehst, sag ihr n schönen Gruß.«

»Mach ich.«

»Gut.«

»Sag mal, was willst du eigentlich von mir?«

Wieder dieses Grinsen. Dann meinte er, dass er mich immer gemocht hätte. Dass ich mir nichts bieten lasse und so. Und er erzählte von diesem Typen in Frankfurt. Ich hörte zu. Er redete von dem Haus, in dem der wohnte und was da alles drin wäre. Ein Safe. Am Ende sagte er: »Na ja, denk mal drüber nach. Du kannst Bella fragen, die weiß, wo wir wohnen.«

Er warf die Zigarette auf den Boden, spuckte hinterher, grinste nochmal zum Abschied und weg war er.

Am nächsten Samstag musste ich arbeiten. Natürlich, wie jeden Samstag.

Meine Chefin war ne Bitch. Sie zwang mich und meine Kollegin

Doreen »angemessene Kleidung« zu tragen, wie sie das nannte. Das hieß, weiße Bluse, schwarze Hose und »elegante Schuhe«, also mit Absatz. Am Ende von einer Schicht waren meine Füße nur noch blutiger Matsch. Das Gute war, dass meine Chefin fast nie da war. Sie hatte noch andere Filialen, glaub in Frankfurt und Bad Kreuznach oder so. War mir auch egal. Hauptsache, sie blieb weg. Doreen war eigentlich ganz okay. Sie war doppelt so alt wie ich und hatte schon ihr ganzes Leben in Schwarzstetten verbracht. Aber sie redete ständig von ihrem Freund, den sie immer Honey oder Sweetie nannte. Am Anfang dachte ich, sie will mich verarschen und ich lachte laut los, als sie von ihm redete. Aber dann merkte ich, es war ernst.

Jedenfalls, an dem Samstag machten wir wie immer um 19 Uhr Feierabend und ich tauschte meine Heels gegen Turnschuhe. Dachte, ich geh auf Wolken. Ich wollte zu Thorben, dafür musste ich leider quer durch die Innenstadt. Es war Frühling und die Leute saßen in der Eisdiele, vor den Cafés und Restaurants und freuten sich über die Sinnlosigkeit ihres Daseins. In der Ferne sah man den Taunus. Früher war ich gerne in den Wald gegangen. Dort hatte ich das Gefühl, ich kriege den Kopf frei. Aber seit ich bei Best Price Fashion arbeitete, hatte ich dafür einfach keine Zeit mehr. Vielleicht hatte das dazu geführt, dass ich dieses Kaff noch mehr hasste. Sie nannten es Naherholungsgebiet am Rand des Taunus. Ich hab aber nie irgendwelche Touristen hier gesehen.

Ich hatte furchtbaren Hunger und dachte kurz daran, bei meiner Oma in der Pizzeria vorbeizuschauen. Stellte mir vor, wie Kenan, der Koch, mir aus der Küche zuwinken würde, mit seiner sympathischen Zahnlücke. Er sprach nur schlecht Deutsch, wie alle Angestellten von Oma. Es gab Arians, Adnans, Andris, Avnis und Leanos. Alle aus Albanien. Nur Kenan, der schon so lange bei ihr war, wie ich denken konnte, kam aus dem Kosovo. Immer, wenn ich da war, lachte er mich aus der Küche heraus an und brachte mir was zu essen. Mal waren es Pizzabrötchen, mal Lasagne oder einen Salat. Wenn er besonders gute Laune hatte, machte er mir seine Spezialität: Spaghetti mit Miesmuscheln.

Aber ich wollte zu Thorben. Viele Leute kamen mir entgegen, mit prall gefüllten Shoppingtüten. Meine Oma hatte mal gesagt, man konnte über den Kommunismus sagen, was man wollte, aber er hatte wenigstens noch ein Ziel, ein Heilsversprechen, die Vision von einer gerechten Welt.

»Aber alles, was man den Leuten in dieser Gesellschaft verspricht, ist, dass sie beim Einkaufen ein paar Sonderangebote abstauben können. Was für ein Leben!«

Als ich vor Thorbens Haus stand, dachte ich schon, irgendwas stimmt hier nicht. Da stand ein Auto davor, das ich noch nie gesehen hatte. So ein großer schwarzer SUV. Meine Kollegin Doreen sagte immer, wenn ihr Honey sie irgendwann in so einem Auto von der Arbeit abholt, würde sie ihn heiraten. Ich hatte immer das Gefühl, diese Autos wurden für meine ehemaligen Mitschüler gebaut, die sie sich aber ihr Leben lang nie leisten konnten. Damit sie sehen, was sie nie haben konnten.

Ich klingelte. Und dann machte mir eine Frau auf, die ich noch nie gesehen hatte und doch wusste ich sofort, wer das war. Sie hatte langes, dunkles Haar und ihr Mund und ihre Augen sahen aus wie Thorbens. Ihre langen Haare hatte sie mit einer Sonnenbrille nach hinten gesteckt. Sie trug eine braune Lederjacke über einer gelben Bluse.

»Ja, bitte?«, fragte sie.

»Ähm, ist Thorben da?«

»Und du bist ...?«

»Cheyenne.«

»So, so. Cheyenne«, sagte sie. Ihr Gesicht veränderte sich nicht.

Aber wie sie meinen Namen gesagt hatte, da war alles klar.

Plötzlich drängelte sich Thorben an ihr vorbei.

»Hey, Cheyenne.«

Er nahm mich in den Arm und ging ein paar Schritte von der Tür weg.

»Es tut mir leid. Ich kann heute nicht. Meine Mutter ist da. Sie hat sich nicht angekündigt.«

»Ich hatte einen scheiß langen Tag, Thorben. Kann ich kurz mit reinkommen und mich ausruhen? Deine Mutter stört doch nicht. Ich muss ja auch nicht den ganzen Abend bleiben.«

Er wurde nervös. Schwitzte.

»Nein. Tut mir leid. Das geht nicht. Ich schreib dir Montag.«

Ich überlegte kurz, sagte alle Beleidigungen, die ich sagen wollte, nicht, und drehte mich um.

»Dann bis Montag.«

»Ja. Ciao. Tut mir wirklich leid.«

Ich ging zurück. Den ganzen Weg. Es war wirklich zum Kotzen. Wenigstens war ich so wütend, dass ich den Schmerz in meinen Füßen nicht merkte, bis ich vor unserem Haus stand, das der Welt eine schmutzige, graue Fassade zeigte. Und den völlig verwahrlosten Garten. Ich schloss die Tür auf, ging ins Wohnzimmer und ließ mich aufs Sofa fallen. Troy schien nicht da zu sein. Er war häufig nicht da. Er war damals Einundzwanzig und für sich selbst verantwortlich. Sollte man meinen. War wahrscheinlich mit einem seiner Kifferfreunde unterwegs. Mein Magen erinnerte mich daran, dass ich vor Hunger fast umkam. Also raffte ich mich auf und ging in die Küche zum Kühlschrank. Ich hielt mich nicht gerne in diesem Raum auf, was daran lag, dass wir so gut wie nie abspülten. Auf den Ablageflächen und in der Spüle stapelte sich das schmutzige Geschirr. Wir nahmen immer nur den obersten Teller und das nötige Besteck, versuchten die Verkrustungen mit

Wasser und Spülmittel zu lösen und stellten alles hinterher wieder auf den Geschirrberg.

Ich schieb die Schuld nicht auf Troy. Nur, weil ich eine Frau bin, mache ich nicht häufiger sauber als Männer. Aber ich versuchte manchmal zu staubsaugen, damit wenigstens der Boden einigermaßen aussah, besonders wenn Astrid kam.

Ich öffnete den Kühlschrank und sah außer einem verschimmelten Joghurt nichts. Scheiße, dachte ich. Ich hatte nicht eingekauft und wer weiß, wann Troy überhaupt das letzte Mal hier gewesen war. Die Leere in meinem Magen und die Leere im Kühlschrank füllten mich ganz aus. So als wollten sie sich über mich stülpen und mir zeigen, wie leer eigentlich mein ganzes Leben war. Ich warf die Kühlschranktür wieder zu und durchsuchte die Schränke nach irgendwas Essbarem. In einer Klappe ganz hinten lag eine Tüte Chips. Besser als gar nichts.

Ich ging zurück zum Sofa und stopfte sie in mich rein. Als ich da so saß, fing ich an zu heulen. Was für ein beschissenes Leben ich doch hatte! Obwohl ich auf dem richtigen Weg war, wenigstens war das Astrids Meinung. Ich hatte eine Arbeit und wohnte in meinem eigenen Haus. Aber ich wusste, ich werd es nie so weit bringen wie Thorben oder seine Mutter mit ihrem scheiß SUV. Das Auto interessierte mich nicht, aber mir war schon klar, was sie von mir hielt. Und ich war wütend, weil ich es nicht ändern konnte. Ich schaltete den Fernseher ein. Irgendeine Casting-Show kam, in der Leute berühmt werden wollten. Leute, wie du und ich. Nein, dachte ich. Eigentlich nur wie ich. Der einzige Unterschied war, dass ich verstand, dass das alles Betrug war, die nicht.

MAN SOLLTE NIE BEKIFFT ENTSCHEIDUNGEN FÄLLEN

Irgendwann bin ich dann auf dem Sofa eingeschlafen und wachte am nächsten Morgen mit Rückenschmerzen auf. Ging in die Küche und durchsuchte alles nach Kaffee, entdeckte in einer Dose noch einen Rest, fand aber keine Filter. Also nahm ich ein paar Blatt Klopapier, stopfte sie in die Maschine, löffelte Kaffee drauf, füllte den Wassertank und drückte auf den Knopf. Dabei versuchte ich meine Gedanken zu sortieren. Aber es nutzte nichts, ich war wohl noch nicht richtig wach und ging erst mal duschen.

Thorbens Vater hatte mir mal einen Vortrag über die Dusche im Film gehalten. Welche Bedeutung die hatte. Den Badewannen-Dusch-Code nannte er das. Das brachte mich auf den Abend vorher und ich wurde wieder wütend. Reiß dich zusammen, Cheyenne, dachte ich. Du bist eine Kriegerin.

Ich glaube, ich war wütend, weil Thorbens Mutter mich für dumm hielt. Weiß nicht, ob das das richtige Wort ist. Ich hatte mich früher häufig so gefühlt. Einmal war ich mit einer alten Freundin verabredet. Sie sagte, komm zu den Tischtennisplatten am Friedrich-Schiller-Gymnasium. Sie wollte sich dort treffen, weil sie ganz in der Nähe wohnte. Also ging ich hin. Aber sobald ich das Schulgelände betrat, war dieses Gefühl da, das mir sagte, du gehörst nicht hierher. Du gehörst zu den Asis auf der Heinrich Böll. Die Wände des Schulgebäudes, die Rasenflächen, der Pausenhof, sogar die Tischtennisplatten, wo ich meine Freundin treffen sollte, starrten zuerst, dann flüsterten sie, dann schrien sie mich an, ich soll mich verpissen. Als ich meine Freundin traf, fragte sie: »Was ist denn mit dir passiert?« Ich war schweißgebadet.

Nach dem Duschen stand ich mit einem Handtuch auf dem Kopf im Wohnzimmer und trank eine Tasse Kaffee, aus der ich vorher ein paar Klopapierklümpchen rausgefischt hatte.

Troy war immer noch nicht aufgetaucht. Früher hatte mich das sehr gestört. Oder beinahe schon verletzt. Warum ließ er mich so oft allein? Manchmal, wenn er nächtelang nicht auftauchte, ging ich in sein Zimmer, legte mich in sein Bett und guckte mir all die Dinge an, die dort waren. Den offenen Schrank mit der zerwühlten Kleidung, der kleine Schreibtisch, auf dem aller möglicher Müll lag, meistens alte Essenstüten vom Bäcker, von McDonalds, alte Zigarettenschachteln und leere Hülsen. Troy nahm manchmal den Tabak von Filterzigaretten für die Bong. An der Wand ein altes Aquarium, in dem schon lange nichts mehr war, außer Algen. Auch der Boden war meist übersät von Papieren. Manchmal stand was drauf und man fragte sich, ob dieser Brief vom Arbeitsamt nicht vielleicht wichtig war und warum er denn auf dem Boden lag. Und überall Wollmäuse, weil Troy, genau wie ich, fast nie sauber machte. Ganz selten packte mich die Neugier und ich durchsuchte sein Zimmer ein wenig, wonach, weiß ich auch nicht so genau. Aber nachdem ich einmal unter seinem Bett zwei Pornos gefunden hatte, schämte ich mich und ließ ihm seine Privatsphäre. Ich lag eigentlich die meiste Zeit nur auf seinem Bett und sah mich um. Ich wollte damals einfach nur nicht so schrecklich allein sein.

Dann klingelte es an der Tür. Ich dachte, es wäre Troy. Wäre nicht das erste Mal gewesen, dass er seinen Schlüssel vergessen hatte. Ich riss wütend die Tür auf, aber da stand Bella.

Wir hatten uns lange nicht gesehen und ich fragte mich, warum sie jetzt plötzlich hier auftauchte.

Sie sah gut aus. Aber irgendwas war komisch an ihr. In der Hand hielt sie eine Tüte und meinte: »Kann ich reinkommen? Ich hab Brötchen dabei.«

»Okay. Hab aber nichts für drauf.«

Fünf Minuten später saßen wir auf dem Sofa und aßen Brötchen ohne alles mit Kaffee.

Bella hatte eine Ausbildung als Friseurin angefangen. Beim Friseursalon Oberschmidt in der Innenstadt. Aber ihr Traumberuf war Flugbegleiterin, sie hatte sich beworben und einen Einstellungstest versaut. Immerhin hatte sie jetzt ständig neue Frisuren.

»Und, wie geht's dir so, Chey?«

Irgendwann hatte Bella angefangen, mich so zu nennen. Ich mochte es nicht, sagte aber nichts dazu.

»Ganz okay. Und bei dir?«

»Auch ganz okay.«

Dann sahen wir uns kurz an und mussten lachen.

»Nein. Es ist überhaupt nichts okay«, meinte ich. »Ich hasse diesen Klamottenladen. Manchmal glaub ich, ich mach den Job nur, damit Astrid mich in Ruhe lässt.«

»Geht mir ungefähr genauso. Meine Mutter meint, ich soll unbedingt ne Ausbildung machen, nur weil sie keine hat. Und immer nur scheiß Jobs hatte. Aber wo ist der Unterschied?«

So saßen wir da und lästerten über unser Leben ab. Ich begann mich schon n bisschen besser zu fühlen. Nachdem wir die Brötchen aufgegessen hatten, packte Bella aus ihrer Tasche Piece auf den Tisch.

»Das hat mir ein Bekannter aus Marokko mitgebracht. Du musst es probieren. Das Zeug ist der Hammer.«

Eigentlich kiffte ich nicht so gerne. Ich fühlte mich einfach nicht so gut damit. Außerdem reichte es ja, wenn einer in der Familie immer stoned war. Aber diesmal machte ich eine Ausnahme. Und Bella hatte recht. Das Piece war wirklich super.

»Richtiges Edelpiece!«, imitierte ich die Stimme von meinem Bruder und Bella musste lachen.

»Was treibt Troy eigentlich so?«

»Ach der, keine Ahnung. Ist meistens nicht zu Hause. Oder bekifft. Oder beides.«

»Sag mal, ich hab gehört, du hast Tuncer getroffen?«

Und ich weiß nicht, woran es lag, vielleicht an der Art und Weise, wie sie es sagte. Bella war eine furchtbar schlechte Schauspielerin. Vielleicht bildete ich es mir auch ein und das Piece war daran schuld, aber irgendwie dachte ich plötzlich, dass das die eigentliche Sache war, warum Bella vorbeigekommen war.

»Ja. Stimmt«, sagte ich, während ich langsam merkte, dass das Piece seine Wirkung tat und sich ein Schleier auf alles legte.

Und Bella redete. Redete ungefähr das Gleiche wie Tuncer. Und ich hörte zu. Beobachtete ihre Lippen, die sich bewegten. Als Bella dann wieder weg war, lag ich auf dem Sofa und konnte mich nicht rühren. Scheiß Piece. Und wusste nicht mehr, ob ich gesagt hatte, ich bin dabei oder nicht.

DER MENSCH IST SCHLECHT

Ein paar Tage nach Bellas Besuch schrieb Thorben mir eine WhatsApp-Nachricht. Sein Vater wollte heute Abend Burger bestellen und ich war herzlich eingeladen. Ich war schon nicht mehr so sauer. Also ging ich nach der Arbeit hin.

Thomas war sehr gut gelaunt. Er hielt einen seiner Vorträge, bei denen ich manchmal nicht so genau zuhörte. Ich mags nicht, wenn mir einer ständig alles erklären will. Ich fühl mich dann ein bisschen wie bei den Tischtennisplatten am Gymnasium.

Beim Essen meinte Thomas, er will mit uns nachher David Lynch gucken. Sagte so was, dass er darüber gerade in der Uni was macht.

Also sahen wir uns nach den Burgern, als wir alle auf dem Sofa saßen oder lagen und uns kaum noch rühren konnten, *Lost Highway* an. Ich mochte den Film. Aber hinterher fühlte ich mich, als hätte mir jemand auf den Kopf geschlagen. Was für eine Story.

Thomas legte wieder los, als der Film fertig war. Erzählte etwas von verdrängter Schuld und Strafe. Meinte, das sei das Hauptmotiv oder so ähnlich. Ich war viel zu vollgefressen und müde, um irgendwas zu kapieren.

Später, nach dem Sex, als Thorben und ich noch schwitzend nebeneinander lagen und schwer atmeten, wie zwei Leute, die gerade aus einem brennenden Haus entkommen waren, schaute ich auf meinem Smartphone nach dem Film. Es war unglaublich viel. Ich las und las, während Thorben neben mir schon langsam wegdämmerte. Ich verstand immer noch nicht alles. Aber das mit der verdrängten Schuld beschäftigte mich.

Ein paar Tage später war ich abends bei Oma. Und dort fing eigentlich alles an. Schon wieder könnte man sagen.

Okay. Also, der Bösewicht tritt auf. Ich kenn mich ja ein bisschen mit Filmen aus.

Da wird häufig der Böse nicht sofort gezeigt, sondern irgendjemand erzählt eine abgefahrene Geschichte über ihn, wie brutal und böse er eigentlich ist. Oder er taucht erst viel später auf und wird vorher immer nicht ganz gezeigt, obwohl er schon in der Szene da ist.

Bei *Der Pate* wird Marlon Brando erst gezeigt, nachdem der Bittsteller stundenlang geredet hat. Er trägt einen schwarzen Anzug und eine rote Blume im Knopfloch, Symbole für Tod und Blut. Das hat mir zumindest Thomas so erklärt.

In *Pulp Fiction* sieht man zuerst nur Marsellus Wallaces Hinterkopf, während er sich mit Bruce Willis unterhält.

Thomas meinte, man kann natürlich darüber streiten, ob Wallace und Don Corleone wirkliche Bösewichte sind, weil der Zuschauer sie ja sympathisch finden kann. Das ändert aber nichts an der Tatsache, dass sie brutale mordende Bastarde sind.

Ich sah Luan Bimbashi zum ersten Mal aus der Ferne, aber trotzdem wusste ich sofort, wen ich da vor mir hatte.

Ich ging also abends zu meiner Oma und merkte, dass irgendwas nicht stimmte. Die Angestellten liefen rein und raus wie eine aufgescheuchte Hühnerschar. Meine Oma war nirgends zu sehen, also ging ich in die Küche zu Kenan. Aber der war auch furchtbar nervös, schnitt Gemüse und fluchte leise dabei. Und machte mir mit Handzeichen deutlich, dass er allein sein wollte. Also ging ich hinten raus, eine Zigarette rauchen.

Als ich dort so stand, veränderte sich plötzlich etwas an dem Abend. Ich hatte das Gefühl, es wäre ein paar Grad kälter geworden und die Nacht wäre plötzlich da, obwohl es immer noch dämmerte.

Und während ich mich noch fragte, ob das jetzt wirklich passierte oder ich nur früher zu viel Harry-Potter-Filme gesehen hatte und zu oft die Stelle, wenn die Dementoren auftauchen, hörte ich, wie ein Auto vor der Pizzeria hielt. Ich ging vom Hinterausgang um das Haus rum, weil ich dachte, meine Oma wäre gekommen.

Vorne hielt ein großer schwarzer Wagen, sah eher aus wie ein Panzer. Ein bisschen wie der SUV von Thorbens Mutter, aber während der einfach nur ne Angeberkarre war, war dieses Auto anders. Es strahlte so eine Vorahnung von Tod und Verderben aus, als würde gleich die Tür aufgehen und eine vermummte Gestalt mit Sichel in der Hand aussteigen. Was soll ich sagen? Er sah einfach aus wie der Wagen von einem scheiß Gangsterboss.

Ein Angestellter der Pizzeria öffnete die hintere Autotür und heraus kam zuerst meine Oma, dann ein Mann und eine Frau. Der Mann war über zwei Meter groß und sah aus, als könnte er mit seinen Händen Steine zerquetschen. Er trug einen schwarzen Anzug mit Schlips und Kragen, hatte einen sauber gestutzten Vollbart und kurze, schwarze Haare. Wäre er nicht so groß und bullig gewesen, hätte er als Versicherungsvertreter durchgehen können. Die Frau war das komplette Gegenteil. Klein und schmächtig, trug bunte Hippieklamotten und hatte Dreadlocks. Während sie dem Riesen folgte, schnitt sie einen Apfel mit einem Butterfly und schob sich die Stücke langsam und genüsslich in den Mund.

Die letzte Person, die aus dem Auto stieg, war ein älterer Mann und es war klar, dass er hier der Boss war. Er trug Cowboystiefel, eine verwaschene Jeans und so ein weißes Hemd, mit blauen und beigen Längsstreifen, zur Hälfte aufgeknöpft, hatte einen dichten Schnurrbart und lange, graue Haare, die ihm bis auf die Schultern herabfielen.

Als sie alle in der Pizzeria verschwunden waren, schlich ich mich hinten durch die Küche wieder rein. Kenan war so beschäftigt, dass er mich kaum bemerkte. So konnte ich beobachten, was die vier weiter taten. Meine Oma und der Hemdenträger mit dem Schnurrbart saßen an einem Tisch und unterhielten sich, während der Riese und die Hippiefrau an einem anderen saßen. Er starrte auf sein Smartphone. Sie aß weiter ihren Apfel.

Ich stand dort an meinem Beobachtungsposten, hinter der Küchentür versteckt und konnte kein Wort verstehen. Plötzlich stand die Hippiefrau auf und warf ihr Butterfly genau in meine Richtung. Es blieb knatternd außen in der Tür stecken und ich bekam den Schock meines Lebens. Das Nächste, was ich hörte, waren Geschrei und Stimmen, die irgendwas auf Albanisch riefen. Dann packte mich eine Hand an der Schulter und rüttelte mich. Es war Kenan. Er packte mich am Kragen und ging mit mir in den Gästeraum. Alle Angestellten meiner Oma standen mit Pistolen im Anschlag und zielten auf den Riesen und die Frau. Der Riese war aufgesprungen und hielt auch eine Waffe in seinen Fäusten. Nur der Mann im Hemd und die Hippiefrau saßen. Sie beobachtete mich interessiert und lachte. Meine Oma kam auf mich zu, rief etwas auf Albanisch und alle entspannten sich wieder. Der Hemdenträger sagte zu seinen Leuten: »Harold, komm runter! Und Kim, schäm dich! Wir ängstigen keine kleinen Mädchen zu Tode!« Seine Stimme klang irgendwie verraucht, aber gleichzeitig seltsam hoch.

Meine Oma ging mit Kenan und mir in die Küche und stellte mich zur Rede: »Was soll das, Cheyenne?«

»Ich ... Nichts. Ich war nur neugierig.«

»Du weißt, was ich dir übers Belauschen gesagt hab?«

»Ja. Ist ja schon okay.«

Sie atmete tief ein und aus. Schien sich wieder zu beruhigen.

»Cheyenne, mein Schatz, du und ich, wir sind die einzigen übriggebliebenen Menschen in der Familie, die Verstand haben.

Ich liebe deinen Bruder, aber er hat einfach andere Qualitäten. Und darum können wir uns solche Unvorsichtigkeiten nicht leisten, besonders nicht«, sie nickte mit dem Kopf Richtung Gästeraum, »bei diesen Leuten da. Der Mensch ist schlecht, aber die da sind wirklich der Gipfel der Schlechtigkeit. Du willst nichts mit ihnen zu tun haben, glaub mir. Du hättest sie noch nicht mal sehen sollen. Eines Tages werde ich dich vielleicht mehr ins Geschäft einbeziehen. Aber du bist noch nicht so weit. Ich weiß, du wirst es schaffen. Du bist eine Kriegerin.«

Sie machte eine Pause. Wahrscheinlich sollte ich über das nachdenken, was sie gesagt hatte.

»Aber jetzt muss ich dich bitten zu gehen. Lass dir von Kenan was zu Essen geben und geh nach Hause. Wir reden später nochmal.«

DER SCHLECHTESTE VON ALLEN

Als ich wieder auf der Straße stand, mit einer Pizza in der Hand, musste ich erst mal langsam zu mir kommen. Aber man ließ mir keine Zeit.

»Guten Abend«, sagte eine Stimme, die mir bekannt vorkam. Ich sah mich um und blickte direkt in die stahlblauen Augen von Kommissar Kowalski.

»Sie sind doch Cheyenne Boudica, die Enkeltochter von Admira?«

Ich mochte Kowalski nicht. Kann nicht mal sagen, woran es lag. Es war nicht so, dass ich noch Angst vor seinem Blick hatte, wie früher. Es war etwas anderes. Er trug teure Klamotten. Schien sowieso Wert auf so was zu legen. Mantel von Hugo Boss. Schlips und Hose auch. Schuhe, italienisch oder Budapester. Dafür hab ich einen Blick, auch wenn bei Best Price Fashion nur Schrott verkauft wird.

»Netter Abend für einen Spaziergang. Waren Sie bei Ihrer Großmutter?«

»Ich weiß nicht, was Sie das angeht. Aber ja.«

»Riecht gut, Ihre Pizza.« Dann nickte er mit dem Kopf in Richtung des schwarzen Wagens, der vor dem Lokal stand.

»Und? Haben Sie was belauscht?«

Wusste nicht, wie ich reagieren sollte. Einerseits dachte ich, es ist jetzt albern alles abzustreiten, andererseits hatte ich auch keine Lust, mit Kowalski irgendwas zu teilen.

»Nein. Eigentlich nichts Wichtiges«, sagte ich endlich.

»Sie sollten sich von diesen Leuten fernhalten. Oder hat Ihre

Großmutter Sie schon ins Geschäft mit einbezogen? Ich hoffe, nicht. Wenn Sie nur die Hälfte von Luan Bimbashi und seinen Leuten wüssten, was ich weiß, würden Sie einen weiten Bogen um sie machen.«

»Luan Bimbashi? Er ist also Albaner?«

Kowalski lächelte mich an.

»Sie sind ja wirklich vollkommen unwissend. Na gut. Ich erzähle Ihnen jetzt eine Geschichte. Eine Geschichte, die Ihnen Ihre Großmutter wahrscheinlich vorenthalten hat. Um Sie nicht zu beunruhigen, vermute ich mal.

Die Geschichte beginnt vor ungefähr vierzig Jahren im kommunistischen Albanien. Damals war Enver Hoxha Präsident des Landes, der …«

»Über Enver Hoxha brauchen Sie mir nichts zu erzählen. Das weiß ich alles von meiner Oma.«

»Gut. Also stellen Sie sich einen Mann vor, einen Filmemacher, der dem Regime treu ergeben war. Er hatte einen Sohn, der damals noch ein Kind war. Dieser Regisseur erhielt von der Regierung den Auftrag, einen Film über Enver Hoxha zu drehen. Einen Propagandafilm. Er bekam dafür ein riesiges Budget, Tausende von Statisten, die besten Schauspieler des Landes.

Der Regisseur tat, was man ihm sagte, und der Film wurde ein voller Erfolg. Zumindest in Albanien und der Name des Filmemachers war plötzlich in aller Munde. Hoxha persönlich gratulierte ihm. Eine Zeitlang verkehrte er mit der ersten Riege der Partei.

Aber bald darauf starb Enver Hoxha. Das Regime bestand noch ein paar Jahre weiter, bis der Ostblock endgültig zusammenbrach und eine neue Zeit für Albanien anbrach. Die Kommunistische Regierung wurde gestürzt, viele gingen ins Ausland. Aber der Regisseur wollte sich am Demokratisierungsprozess beteiligen und blieb. Es kam eine schlimme Zeit. Nur durch Hilfen aus dem

Ausland konnte eine Hungersnot verhindert werden. Mafiöse Strukturen bildeten sich verstärkt aus, wenn sie nicht vorher schon bestanden hatten und der Hass auf die ehemalige Regierung und alle, die mit ihr zu tun hatten, wurde immer größer. Eines Tages kam der Sohn des Filmemachers nach Hause und fand seine Eltern ermordet in ihrem eigenen Blut. Es war nicht schwer, herauszufinden, wer es getan hatte. Die Killer stammten aus einem der größten Mafiaclans des Landes. Der Junge ging zum Oberhaupt des Clans, einem Mann, der die Kommunisten hasste, und bot ihm seine Dienste an. Er meinte, er wolle nicht schutzlos zurückbleiben, ohne Familie. Damals war er fünfzehn Jahre alt.

Dem Oberhaupt gefiel der Junge und aus irgendeinem Grund nahm er ihn in seine Dienste. Er bildete ihn aus, brachte ihm alles bei, und der Junge stieg immer höher in der Organisation auf, arbeitete an den Netzwerken in ganz Europa mit, lernte mehrere Sprachen fließend: Englisch, Französisch, Italienisch, Deutsch.

Er nannte sich Luan Bimbashi und der Name war bald mit Gewalt und Terror verbunden, verbreitete überall Schrecken, wo er hinkam.

Eines Tages wurde das Oberhaupt des Clans mit aufgeschlitztem Bauch in seinem Bett gefunden. Bimbashi gab sofort zu, dass er es gewesen sei, um seine Eltern zu rächen und wer damit ein Problem habe, sollte es nur sofort sagen. Aber kaum jemand traute sich noch, ihm Widerstand zu leisten. Die Wenigen, die es wagten, fischte man in Tirana aus dem Fluss.

Tja, und mit diesem Mann macht Ihre Oma anscheinend jetzt Geschäfte.«

»Woher wissen Sie das alles?«, fragte ich.

»Ich habe meine Quellen.«

»Und Sie sind sicher, dass er es ist?« Ich nickte in Richtung der Pizzeria.

»So sicher war ich mir selten.«

»Warum verhaften Sie ihn dann nicht einfach?«

»Tja, es fehlt leider eine Kleinigkeit dafür. Nämlich handfeste Beweise.«

Eine Zeit lang standen wir einander gegenüber und sagten nichts.

»Meine Pizza wird kalt«, meinte ich schließlich.

»Ich wünsche Ihnen noch einen schönen Abend.«

Dann ging ich nach Hause und aß Pizza Hawaii mit doppelt Käse.

DAS IST ALLES EINE SCHEISSIDEE

In den letzten Jahren hab ich mich um meine Psyche gekümmert. Früher war ich eine Meisterin im Verdrängen von Scheiße. Aber das tat mir nicht gut. Dachte immer, ich komm schon klar. Brauch das alles nicht. Therapien sind was für reiche Muttersöhnchen. Ist aber Blödsinn. Früher schlugen immer tausend Erinnerungen auf mich ein. Jetzt kann ich das Ganze ein bisschen besser sortieren. Wenn ich früher versucht hab, in meinem Kopf aufzuräumen, stand ich oft plötzlich wieder am Hauptbahnhof von Frankfurt.

Ich ging Richtung Kaiserstraße, bog zweimal ab und sah das Haus. Es war ziemlich runtergekommen. Im Treppenhaus stank es nach allem Möglichen. Und es war Teppichboden ausgerollt. Ich fragte mich noch, welcher Wahnsinnige hier Teppich gelegt hatte. Neben der Treppe saßen zwei Leute, die schwer nach Junkies aussahen. Jedenfalls dachte ich, dass Junkies so aussehen müssten. Hatte bis dahin noch nicht so viele gesehen.

Die Wohnung war im zweiten Stock. Als ich vor der Tür stand, sah ich, dass es keine Klingel gab. Also klopfte ich laut. Ein paar Augenblicke später wurde geöffnet und Mark stand vor mir.

Er hatte sich kaum verändert, seit ich ihn zum letzten Mal gesehen hatte. Wusste gar nicht mehr, wann das war. Ich mochte ihn nicht besonders. Hatte aber auch nichts gegen ihn. Er war einer von diesen Leuten, die in Freundeskreisen immer mit dabei sind. Man fragt sich, warum eigentlich? Aber ihnen ist es egal, sie sind trotzdem immer da.

Er sagte so was wie: »Hi! Komm rein, Cheyenne.« Und ich hinterher. Die Wohnung erinnerte mich ein bisschen an unser Haus.

Jedenfalls war sie ähnlich dreckig. Im Wohnzimmer, ich nenn es mal so, weil es ein altes Sofa gab, auf dem schon Bella saß, roch es nach Pumakäfig. Der Boden war rot und ich merkte später, dass man immer so einen roten Belag an den Schuhen hatte, wenn man einmal drüber gelaufen war. In einer Ecke lag ein umgefallener Bong. An einem Tisch saß Tuncer und machte auf Gangsterboss, als ich reinkam. Zog sich nämlich gerade auf einem riesigen Spiegel mit einem gerollten Geldschein eine Line. Trug ein weißes Jackett über einem schwarzen Hemd.

»Hallo Cheyenne«, lächelte er mich an. »Komm, setz dich. Schön, dass du da bist.«

Er zeigte aufs Sofa. Ich ging zu Bella, die mir selig zulächelte.

»Bin gleich bei dir«, rief Tuncer.

Als hätte er noch was Wichtiges zu erledigen. Er schaute auf sein Handy, tippte irgendwas rein und setzte sich dann neben mich.

»Schön, dass du es einrichten konntest.«

Ich musste laut lachen.

»Sag mal, Tuncer. Willst du mich verarschen? Wie redest du denn? Als wäre ich hier, um dir irgendwas anzudrehen. Immerhin haben wir mal gevögelt.«

Damit hatte ich ihn völlig durcheinandergebracht. Er brauchte nen Augenblick und ich ließ ihn ihm. Aber dann fing er wieder an zu reden. Über Details. Sprach über meine Rolle bei dem Ganzen. Und über Bellas. Über unsere Anteile. Und ich dachte, das ist scheiß viel Geld.

Als er fertig war, breitete er seine Arme aus und fragte: »Sind wir uns einig?«

Ich zuckte die Schultern und nickte langsam.

»Gut. Dann wird jetzt gefeiert.«

Er holte den Spiegel vom Tisch und legte los, gab mir auch einen Geldschein und ich dachte, Ach, was solls.

Der Rest des Tages verlief im Wahnsinn, aber einem irgendwie netten Wahnsinn. So einer, bei dem man sich hinterher denkt: Das war zwar Wahnsinn, aber auch nicht schlecht. Irgendwann saßen wir alle im Auto von Tuncer. Wie früher. Aber es war ein anderes Auto, nicht mehr der Golf. Es war so ein schwarzes, großes Auto. Mit orangen Rennstreifen drauf. Keine Ahnung, welche Marke. Tuncer fuhr wie der Teufel durch Frankfurts Straßen und ich dachte die ganze Zeit, dass das eine Scheißidee ist. Lachte aber dabei. Auf dem Rücksitz saßen Mark und Bella und lachten auch. Und fingen irgendwann an zu knutschen, was ich für eine noch beschissenere Idee hielt. Dann fing ich an zu rufen: »Das ist alles eine Scheißidee!«, während wir durch die Dämmerung fuhren, die Dämmerung von diesem Frühlingstag. Und wieder roch es wie früher. Nach Pflanzen und Dreck und Sperma. Warum nach Sperma wusste ich nicht. Und dann fuhren wir plötzlich durch einen kleinen Wald, mussten die Stadt also hinter uns gelassen haben. Und Tuncer hielt an, holte aus seiner Jackentasche eine Filmdose, in der er sein Koks hatte, zumindest behauptete er, es wär Koks, sagte es aber vielleicht nur, um anzugeben und es war einfach nur Speed. Keine Ahnung. Auch nicht wichtig. Er nahm diese Filmrolle und einen kleinen Löffel aus Metall und zog sich was in die Nase. Dann sagte er: »Da vorne ist es.«

Und da sah ich erst, dass wir vor einem Haus standen. Es war auch gar nicht so richtig ein Haus. Es war eine Villa. Mit riesigem Garten und Swimming-Pool und allem. Und Tuncer sagte: »Gut. Jetzt habt ihr es gesehen.« Und gab wieder Gas, machte kehrt und fuhr zurück. Das Letzte, was ich noch weiß, ist, dass ich mit Tuncer im Bett lag und wir vögelten. Zweifellos eine meiner beschissensten Ideen. Aber es machte trotzdem Spaß. Und ich dachte noch. Tja. Der Mensch ist schlecht.

MUTTERSÖHNCHEN UND ANDERE PROBLEME

Als ich wieder zu Hause war, setzte ich mich vor den Fernseher. Es kam so ein alter Horrorfilm, den ich mir eine Weile ansah. *Manchmal kommen sie wieder.* Furchtbar langweilig. Und davor hatten sie früher Angst? Thorbens Vater hielt mir mal einen Vortrag über Horrorfilme. Er sagte, Romero, Argento und Carpenter. Danach wurd nur noch Schrott gemacht. Kann sein. Was weiß ich? Plötzlich fragte ich mich, was wohl Papa tun würde, wenn er wieder käme. Oder Mama? Thorben hat mir mal von einer Serie erzählt, wo genau das passiert. Aber die Toten sind keine Zombies. Sie versuchen einfach, ihr Leben weiterzuleben, als wäre nichts passiert. Klingt lustig, ist es aber wohl nicht. Da fragt man sich ja, ob der Tod so viel schlimmer ist. Der Gedanke brachte mich zum Schwitzen. Ich sah wieder Troy in meinem Zimmer, das Geräusch, wie mein Vater die Treppe runterstürzt. Die Polizei. Meine Oma. Musste an das denken, was Thomas über *Lost Highway* gesagt hatte.

Am nächsten Tag kam Astrid vorbei, um nach dem Rechten zu sehen, wie sie sagte. Sie tat das manchmal. Ich war furchtbar schlecht drauf und müde. Sie brachte mir ein Geschenk vorbei. Ein Buch.

»Ich habe das in deinem Alter gelesen«, sagte sie, »und ich fand es richtig super.«

»Astrid, ich guck Filme. Ich hab keine Zeit für Bücher.« Sie sah mich an, als hätte ich gesagt, Arbeit ist scheiße.

»Na, ich kann ja mal reinlesen«, hab ich dann gesagt. Wollt sie halt nicht enttäuschen. Obwohl ich die Wahrheit gesagt hab. Ich les nicht viel. Wahrscheinlich, weil ich bei Büchern immer das

Gefühl hab, ich wäre wieder an den Tischtennisplatten am Gymnasium. Mit Filmen ist das anders.

Das Buch hab ich aber dann gelesen. Es war gut geschrieben, fand ich. Aber der Junge, der drin vorkam, ging mir wahnsinnig auf die Nerven. *Falls Sie wirklich meine Geschichte hören wollen* ... Ich las zehn Seiten, zwanzig Seiten, dreißig Seiten und immer weiter. Und nach mehr als der Hälfte dachte ich, das darf doch wohl nicht wahr sein? Es ging um so reiche Muttersöhnchen an einer Schule für reiche Muttersöhnchen. Und einer von ihnen ist halt schlecht in der Schule und will abhauen. Bis dahin ist das ganz gut. Dann geht er nach New York und tut so, als wäre er erwachsen, obwohl er das nicht ist. Und die ganze Zeit versucht er, ein Mädchen namens Jane ins Bett zu kriegen. Aber die ist überhaupt noch nicht aufgetaucht. Ich hatte langsam das Gefühl, das Buch handelte von Problemen, die keine waren.

Irgendwann kam ich zu der Stelle, an der gesagt wird, warum das Buch so heißt, wie es heißt. Und ich dachte noch, toll, das sollte ich mal als Berufswunsch angeben, was dann wohl los wäre. Das kann man auch nur sagen, wenn man noch nie in seinem Leben richtig geschuftet hat und sicher ist, dass man es auch nicht muss.

Ich weiß noch, es gab eine Zeit, schon lange her, da hatte sich Troy mal einen Ausweis für die Leihbibliothek geholt und kam an einem Wochenende mit fünf Büchern nach Hause. Mein Vater fing an rumzuschreien, was das soll. Er hätte aus seinem Sohn doch wohl kein verzogenes Muttersöhnchen gemacht, das Bücher liest? Ob Troy plötzlich schwul geworden wäre? Es gab einen furchtbaren Streit und endete damit, dass mein Vater sich in den Keller verzog. Dann wusste man, dass er da nicht wieder rauskommen würde, bis zum nächsten Tag. Wahrscheinlich schaffte er es erst dann wieder die Treppe hoch.

Ich erinner mich auch noch daran, wie Troy am Fenster stand

und ich ihn von hinten umarmte, aber er blieb hart in meinen Armen wie ein Stock oder ein Fels und murmelte nur: »Irgendwann bring ich ihn um.«

Ich war zwölf oder dreizehn und erschreckte mich und ließ ihn los.

Aber ich fragte mich jetzt ernsthaft, wie es gewesen wäre, wenn meine Eltern richtig Kohle gehabt hätten. Vielleicht hätte Papa mich auch auf so ein Luxusinternat geschickt, wie diesen Holden in dem Buch. Das hätte ihm ähnlich gesehen. Der hatte sich auch nie für meine Schule oder die von Troy interessiert. Er hätte vielleicht Troy und mich weggeschickt und dann allein in einem großen Haus mit Pool gesessen und sich wie Thomas Weiß in sein Arbeitszimmer zurückgezogen, aber er hätte wohl nicht gearbeitet, sondern gesoffen, aber besseren Schnaps als den, den er immer getrunken hatte. Papa war da nicht wählerisch, meistens trank er billigen Weinbrand.

Als er dann gestorben war, waren auch seine Schnapsvorräte plötzlich verschwunden. Ich fragte Troy, was damit geschehen war, aber er sagte nur: »Weg!« Bis heute bin ich mir nicht sicher, ob er den Schnaps weggeschüttet oder verkauft hat. Das mit dem Verkaufen wäre typisch Troy gewesen, ohne mir meinen Anteil zu geben. Aber er sprach nicht darüber und ich dachte: Ach, lassen wirs.

Ich nahm das Buch wieder in die Hand, aber dann musste ich an Thorben denken. Vielleicht war das Problem von Leuten wie Thorben und diesem Holden aus dem Buch ja, dass zu viel von ihnen erwartet wurde. Sie sollten wie ihre Eltern werden. Und brachten nicht den Mumm auf, Nein zu sagen. Von mir hat nie irgendjemand so was verlangt. Man konnte über meinen Vater sagen, was man wollte, aber er hat nie zu mir gesagt: Cheyenne, ich erwarte von dir, dass du dies und das wirst. Eigentlich interessierte er sich überhaupt nicht dafür, was aus mir oder Troy werden würde. Das ist wohl kaum besser, wenn ich genau darüber nachdenke. Aber Leute wie Holden und Thorben glauben wahrscheinlich, alles wäre gut, wenn nur ihre Eltern sie ihr Leben leben lassen würden. Einmal sagte Thorben mir, er möge seinen Vater, klar, wie konnte man den auch nicht mögen? Aber er würd ihn einzwängen, erwartete, dass er auf jeden Fall studieren geht. Philosophie oder Film, irgendsowas. Und dann seufzte er und meinte ernsthaft: »Ach, Cheyenne, ich wünschte, ich wäre so frei wie du.« Und ich dachte, ich hör nicht richtig. Ich wurd richtig sauer. Schrie ihn an, ob ihm klar sei, was er da gesagt hatte. Ob er zu blöd sei, um zu sehen, wie beschissen mein Leben ist? Ob er gerne tauschen möchte?

»So hab ich das nicht gemeint«, sagte er, »aber du kennst meine Eltern nicht so, wie ich sie kenne. Mein Vater geht ja noch, aber meine Mutter? Weißt du, dass sie mir gesagt hat, sie fände es besser, ich würde dich nicht mehr sehen? Sie meint, du hast einen schlechten Einfluss.«

»Na ja, man muss kein Genie sein, um zu merken, dass deine Mutter mich nicht leiden kann. Und dabei hat sie mich nur einmal gesehen.«

»Ich hab mich deswegen mit ihr gestritten. Am Ende sagte sie, dass das alles bald sowieso vorbei sei. Sie erwartet von mir, dass ich mir einen Studienplatz in Berlin suche.«

»Aha, Mama hat Angst, dass du meinetwegen nicht zu ihr zurückkommst.«

»Aber ich hab ihr gesagt, dass ich bei dir bleiben will. Cheyenne, ich liebe dich!«

Und dann nahm er mich in die Arme und wir knutschten und dann vögelten wir auch, aber ich war trotzdem immer noch sauer. Außerdem hatte ich damals das Gefühl, dass er nicht ganz die Wahrheit sagte.

Heute bin ich nicht mehr wütend auf Thorben, wenn ich an den Streit und an das, was später passierte, zurückdenke. Kann schon sein, dass Leute wie Thorben und dieser Holden nichts dafür können, dass sie auch irgendwie nur Opfer sind. Aber was man ihnen wirklich vorwerfen kann, ist, dass sie glauben, die Welt dreht sich nur um sie und ihre Probleme.

Ich legte das Buch wieder weg. Vielleicht würde ich es doch lieber nicht fertig lesen.

Ein paar Tage nach meinem kleinen Ausflug nach Frankfurt war ich abends wieder bei Thorben. Natürlich fühlte ich mich schlecht, weil ich mit Tuncer gevögelt hatte, aber andererseits war ich nicht ganz bei mir gewesen. Wie im Traum und auf Koks oder Speed. Also sagte ich Thorben erst mal nichts davon. Hatte aber auch nicht besonders viel Lust, mit ihm zu vögeln. Weiß nicht, ob das jetzt doppelt gemein war.

»Sag mal, Thorben, wenn du richtig viel Geld hättest, was würdest du damit machen?«, fragte ich ihn. Gleichzeitig fiel mir ein, dass Thorben ja im Gegensatz zu mir schon richtig viel Geld hatte, oder wenigstens sein Vater, die Frage also vielleicht Blödsinn war.

»Ich weiß nicht«, sagte er. »Vielleicht würd ich eine Filmproduktionsfirma gründen und nur Filme machen, die mir gefallen. Und dann würd ich eine Stiftung eröffnen, für krebskranke Kinder oder so was.«

Eine Zeit lang sagte keiner von uns etwas. Dann fragte er: »Und du, Cheyenne? Was würdest du machen?«

»Ich würde von hier abhauen. Irgendwo anders noch mal neu anfangen. Vielleicht am Meer. Jedenfalls irgendwo, wo es nicht so ist wie hier. Ja, ich würde mir irgendwo am Meer, wo es warm ist, etwas Neues aufbauen. Oder noch besser, den ganzen Tag am Strand liegen. Und nur noch was tun, wenn mir wahnsinnig langweilig wäre.«

»Das ist aber sehr egoistisch.«

Aus irgendeinem Grund schien Thorben beleidigt zu sein und es nützte auch nichts, dass ich sagte, er könne auch mitkommen. Es war zu spät. Die Stimmung war im Arsch. Nach einer Zeit wollte ich mich versöhnen und schmiegte mich an ihn, streichelte ihn, aber er wehrte alles ab. Also gut. Ich zog mich auf meine Seite von Thorbens riesigem Bett zurück. Und verdrehte die Augen. Und ich dachte noch: Gut, dass Thorben das nicht gesehen hat, sonst wäre er noch mehr beleidigt.

WALK LIKE THUNDER

Dann wurde ich erst mal krank. Keine Ahnung, wo ich mich angesteckt hatte. Aber dass ich verrotzt und hustend im Bett lag, hatte auch Vorteile. Ich musste nicht arbeiten und konnte alle meine Lieblingsfilme auf Troys altem Computer nochmal sehen. Den ganzen *Paten* und *Scarface* und noch *Taxi Driver* mit sexy Robert DeNiro, als der noch jung war.

Der Arzt, der mich krankgeschrieben hatte, war auch furchtbar jung und sexy gewesen. Wie Robert De Niro in den Siebzigern. So, dass ich nicht richtig zugehört hatte, als er seinen Namen nannte. Also war er einfach Dr. Sexy.

Aber er redete zu viel. Gerade als ich mir vorstellte, wie ich ihn ins andere Zimmer zerren und über ihn herfallen würde, fing er davon zu sprechen an, dass er bald Urlaub hätte und dann mit seiner Frau und seinem kleinen Sohn in den Schwarzwald fahren wollte. Da dachte ich, ist mir doch egal, was deine Bitch von Frau und du so machen. Aber ich habs natürlich nicht ernst gemeint. So bin ich ja auch nicht. Außerdem würde ich so was niemals laut sagen. Bin da viel zu feige für.

Am dritten Tag hatte ich die Nase voll von den Filmen. Ich suchte nach Musik. Ich war vor einiger Zeit auf einen Song gestoßen, der mich echt fertig gemacht hatte. Kimya Dawson. *Walk like Thunder.* Es geht darin um eine Frau, die nach einer Überdosis fast gestorben wäre und dann aber im Krankenhaus aufwacht und alle sind überrascht, dass sie nicht tot ist. Und dann erzählt sie von ihren ganzen Freunden und wer da so alles gestorben ist und woran. Ich konnte damals nicht besonders gut Englisch. Aber den Text hab ich im Internet auf Deutsch gefunden. Jedenfalls ein ziemlich guter Song. Ich weiß noch, dass ich ihn einmal gehört hab, als ich nach langer Zeit mal wieder in den Wald gegangen bin.

Der Wald fing direkt hinter Schwarzstetten an. Ich glaub, das ist schon der Taunus. Bin mir aber nicht ganz sicher. Immer wenn ich jemanden gefragt hatte, ob das jetzt schon der Taunus oder nur der Wald hinter Schwarzstetten wäre, sagten sie immer, so genau wüssten sie das auch nicht. Egal, wen man fragte, meine Oma, Astrid, Thorbens Vater (Troy oder Papa brauchte man danach erst gar nicht zu fragen), immer sagte die Person, ich glaub schon, aber ganz genau weiß ich das auch nicht. Dann schauten sie manchmal in ihren Smartphones nach, als ob ich nicht auch auf diesen Gedanken gekommen wäre. Und dann nach einer Weile sagten sie meist, keine Ahnung, aber ich glaube, es ist schon der Taunus oder ich glaube, es ist nur ein Wald.

Tja, schade, dass ich in der Schule nie aufgepasst hatte. Ich weiß noch, dass wir in Erdkunde mal die Mittelgebirge durchgenommen haben. Weiß auch noch, wie unser Lehrer sagte, ab heute nehmen wir die Mittelgebirge durch und irgendein Idiot musste natürlich den Witz machen, dass er nicht wusste, dass Gebirge auch ficken können und die ganze Klasse lachte.

Jedenfalls, ob Wald oder schon Taunus, ich weiß noch, wie ich mit Kimya Dawson im Ohr in diesem Frühling durch den Wald ging und dabei auch wie Donner den moosigen Boden stampfte. Und dann überlegte ich, wen ich alles gekannt hatte, der gestorben war, wie in dem Song.

Im Wald konnte man gut nachdenken. Vielleicht ist das Meer so ähnlich. Einfach Natur ohne Menschen. Aber eigentlich wusste ich damals einen Scheiß über das Meer. War ja nie da gewesen. Wir hatten auch nie Urlaub gemacht, weil Papa nie Geld hatte, weil er ja immer alles gleich versoff.

Aber einmal weiß ich noch, dass er mit uns einen Ausflug gemacht hat. Und zwar in den Wald.

Es war Sonntag und er stand einfach plötzlich im Wohnzimmer und sagte: »Zieht euch an. Wir machen nen Ausflug in den Wald!«

Troy und ich schauten uns an. Mein Bruder hatte morgens schon zwei Köpfe geraucht und stierte mich mit roten Augen an. Fragte sich wahrscheinlich, ob unser Vater das gerade wirklich gesagt hatte oder ob das Piece schuld war.

Aber ich zuckte nur mit den Schultern und nickte ihm zu, um ihm Zeichen zu geben, dass das gerade wirklich passierte.

»Na los. Habt ihr nicht gehört? Wir fahren in den Wald. Ihr wollt nicht, dass ich das zum dritten Mal sagen muss.«

Wollten wir auch nicht. Also zogen wir uns an und fünf Minuten später saßen wir in unserem alten Opel und fuhren los. Das Auto machte schon seit Jahren einen Höllenlärm, hatte nur noch TÜV, weil Papa jemanden kannte, der jemanden kannte und so. Als er gestorben war, verscherbelten wir es, weil ich eh keinen Führerschein hatte und Troy für seine Touren keinen Wagen brauchte und wenn doch, hatte einer seiner Kumpels einen. Außerdem waren die Versicherungen zu teuer.

Wir fuhren in unserem Opel und ich weiß noch, dass Sommer war und die Vögel zwitscherten und alles war grün und so. Und eigentlich war alles gut und ich hätte ewig so weiterfahren können. Aber dann hielt Papa auf einem Parkplatz an und wir stiegen aus und er sagte: »Kommt mit!«

Also gingen wir hintereinander einen Waldweg entlang. Papa zuerst, dann ich und am Ende Troy. Ich riech jetzt noch seine Fahne vom Vortag. Wusste, dass er damals noch nicht so viel getrunken hatte, sonst wäre er aus dem Keller nicht mehr aufgetaucht. Es ging ein bisschen bergauf und Papa fing an zu keuchen und musste immer wieder stehen bleiben. Dann meinte er, er braucht ne Pause und setzte sich aufs Moos vor einen Baum.

Troy kam in einiger Entfernung zwischen den Bäumen heran und fragte, was los wäre. Papa trank inzwischen aus einer kleinen Plastikflasche Chantré. Da rastete Troy aus, fragte ihn, was das Ganze eigentlich sollte. Ob wir ihm hier im Wald beim Saufen zugucken sollten? Und überhaupt. Ob er glaubt, jetzt hier auf heile Familie machen zu können? Nur, weil er mit uns mal in den Wald fährt und so weiter.

Papa hörte sich das alles an, trank manchmal was von dem Chantré und grinste zwischendurch, während die Vögel zwitscherten. Dann stand er auf und meinte, wir könnten ja nichts anderes als meckern. Und dann eben nicht. Dann ging er den Weg zurück zum Auto.

Als wir wieder zu Hause waren, ging er in den Keller und wir sahen ihn zwei Tage nicht.

Wie bin ich jetzt darauf gekommen? Ach ja, ich saß auf dem Baumstumpf und hörte Kimya Dawson. Und ich dachte, scheiße, warum bin ich nicht in New York aufgewachsen? Warum musste es ausgerechnet dieses Kaff sein? Wenn ich in New York wäre, würde ich auch eine Band gründen, auch wenn ich kein Instrument spielen konnte. Aber das würde ich mir schon beibringen. Jedenfalls klang das irgendwie besser als bis an mein Lebensende Klamotten zu verkaufen. Und als ich da im Wald hin- und herging mit Kimya im Ohr, musste ich plötzlich an Mama denken. Und dass ich sie nie richtig kennen gelernt hatte. Und dass auch Troy sich nur schlecht an sie erinnern konnte, dass sie an diesem Hirntumor gestorben war und Papa deswegen mit dem Saufen angefangen hatte. Vielleicht wäre alles anders gekommen, wenn sie noch am Leben wäre. Vielleicht wäre Troy besser klar gekommen und Papa sowieso, auch wenn ich das nicht richtig glaube. Vielleicht hätte ich mich mehr für Schule interessiert, vielleicht wäre ich aufs Gymnasium gegangen und würde auch bald studieren gehen und keine Klamotten bei Best Price Fashion verkaufen. Oder vielleicht würde ich das dann mal nebenbei machen und später erzählen, dass ich, als ich studiert hab, so nen komischen Nebenjob hatte, bei dem ich den Leuten Klamotten andrehen musste, Made in Bangladesh und so. Und alle würden darüber lachen, mit mir zusammen, auch Thorben, den ich dann heiraten würde und wir würden selber Kinder kriegen und in so einem Haus wohnen, wie er jetzt mit seinem Vater, aber nicht hier, sondern in New York, nein, das ist Quatsch, aber in Berlin oder so und dann würde mich Thorbens Mutter auch nicht mehr für eine kleine Asibitch halten und vielleicht wären dann alle glücklich. Vielleicht, vielleicht.

Früher hab ich manchmal Bilder von Mama gemalt. Ich hab sie immer mit einem großen Mund und langen blonden Haaren gezeichnet, auch wenn sie auf unseren Fotos eigentlich anders aussah. Ein bisschen wie ich und ich hab keine blonden Haare, sondern braune und grüne Augen, auf die Tuncer früher so stand, als wir noch zusammen waren. Aber auf meinen Bildern hatte sie immer blonde Haare. Weiß auch nicht wieso. Ich malte diese Bilder häufig in der Pizzeria, als ich neben Oma saß. Die guckte zwischendurch, was ich da malte und meinte, ich hab Mama gut getroffen, obwohl wir beide wussten, dass sie ganz anders ausgesehen hat. Und ich liebte Oma dafür noch mehr, dass sie nicht sagte, so hat sie doch gar nicht ausgesehen, sondern eben sagte, ich hab die Mama gut getroffen. Ich malte sie auch mit einem langen Mantel, der besonders schön und teuer war. Manchmal malte ich ein kleines Preisschild, auf dem stand dann 10.000 Euro oder noch mehr. Einmal sah Troy so ein Bild und meinte, es sieht aus, als hätte Mama den Mantel gerade geklaut. Das machte mich dann furchtbar wütend und ich schrie und tobte und wollte mich gar nicht mehr beruhigen. Erst als ich merkte, dass Troy mich festhielt, so dass ich nicht mehr um mich schlagen konnte, kam ich ein bisschen runter. Aber ich schrie dann trotzdem weiter: »Nimm das zurück!« Und er nahm es zurück und ich heulte und schluchzte in seinem Arm.

Aber das ist alles lange her. Damals war ich klein und heute bin ich erwachsen und schreib das hier auf, und Mama ist tot und Papa auch und als ich damals im Wald Kimya Dawson hörte, merkte ich plötzlich, dass ich den Boden um mich herum ganz platt gestampft hatte. *Walk like Thunder.*

Ich dachte, als ich mir den platten Waldboden so anschaute, dass das alles Blödsinn ist und dass Leute wie Troy und ich niemals studieren würden, weiß auch nicht, warum. Es war nicht, weil wir zu blöd waren, es war einfach, als wäre das für uns nicht vorgesehen und ich dachte, scheiß drauf, vielleicht gehöre ich nicht zu Thorben und Schwarzstetten und schon gar nicht nach Berlin, sondern eher zu Tuncer und Frankfurt und so. Also war es wahrscheinlich richtig, dass ich da mitmachte.

DIE PROBLEME WERDEN GRÖSSER

Ich wachte morgens auf und stellte fest, dass es schon Mittag war. War also beim Musik hören irgendwann eingeschlafen. Aber sofort dachte ich wieder an Frankfurt. Oder hatte ich auch im Traum die ganze Nacht daran gedacht? Und es kam schon wieder. *Lost Highway*. Papa. Treppe. Dann Troy in meinem Zimmer.

Ich schüttelte die Erinnerung wie eine lästige Fliege ab, eine von diesen dicken Brummern, die bestimmt vorher auf einem Scheißhaufen gesessen hatten, nahm dann das Solitaire-Spiel aus der Schublade und spielte ein paar Runden, bis ich Hunger bekam. Also musste ich einkaufen. Das heißt, ich nahm einen alten Hoodie von Troy, zog mir die Kapuze übers Gesicht und ging zum Supermarkt. Damit mich keiner erkannte. Zumindest hatte ich das Gefühl, dass es so besser wäre. Ich kaufte irgendwas und stellte zu Hause fest, dass es Toastbrot und ein Glas Saure Gurken war. Egal! Wenigstens hatte ich Kaffee da. Und Filter.

Während ich den Toast im Mund in Kaffee auflöste, sah ich, dass ich mehrere Nachrichten auf meiner Mailbox hatte. Ich hörte sie ab. Es war Kowalski. Er lud mich für heute Nachmittag aufs Polizeirevier ein, weil er »ein paar Fragen« hatte. Ich überlegte, was ich ihm überhaupt noch erzählen konnte und was nicht. Ich traute ihm nicht und er mir auch nicht. Durfte ihn nicht unterschätzen.

Kurz dachte ich, ich könnt ja auch so tun, als würde ich mich an nichts mehr erinnern. Als wäre einfach alles weg. Geplatzt wie ne Kaugummiblase. Könnte ja sein. Genau wie in *Memento*. Ein Film, den ich nicht besonders mag, nebenbei gesagt. Versteh nicht, was alle daran so toll finden. Also, ich könnt jetzt nicht so gut sagen, was ich daran scheiße find, nicht so wie Thomas oder Thorben vielleicht, aber sagen wir mal so, ich hab schon viel bessere gesehen.

Ich stellte mir vor, wie Kowalski mich fragen würde: »Wie wäre es denn, Sie erzählen mir, was Sie von dem Gespräch mit Luan Bimbashi in der Pizzeria belauscht haben?«

Und ich würd sagen: »Wie wäre es denn, wenn ich Ihnen sage, ich erinnere mich nicht mehr daran?«

Das würde er mir niemals abnehmen. Aber konnte mir eigentlich auch egal sein. Ich hatte gerade andere Probleme. Da wusste ich ja noch nicht, dass die Probleme sich bald ineinander verhaken würden, wie die billigen Kleiderbügel bei Best Price Fashion. Dann bekam man sie nicht mehr auseinander und musste sie wegschmeißen. Doch der Reihe nach.

Erstmal, die Sache in Frankfurt ging schief. Oder sie klappte ohne Probleme. Je nachdem, wie man das sieht. Tuncer und Mark wollten in das Haus einsteigen und wir sollten im Auto warten und Alarm schlagen, wenn jemand kam. Und zwar wenn Hupen zu auffällig war, an der Vordertür klingeln und sagen, wir wären die Zeugen Jehovas. Dafür hatte Mark extra ein paar *Wachtürme* im Internet besorgt. Das hätte Bella auch alleine tun können, aber sie traute sich nicht. Wollte unbedingt noch jemanden mit dabei haben und das war ich. Ansonsten war ich nutzlos. Konnte ja nicht einmal Auto fahren. Dass ich überhaupt mit dabei war, war also eigentlich Bellas Schuld. Aber mich lockte natürlich die Kohle. Als wir in der Nähe der Villa hielten, schien alles ruhig. Kein Auto vor dem Haus, keine laute Musik, nichts. Nur der Wald und das Rauschen vom Wind.

Als Tuncer und Mark gegangen waren, sprachen Bella und ich nicht besonders viel. Waren wohl beide zu aufgeregt. Ich weiß nicht mehr, was ich damals gedacht habe. Vielleicht dachte ich an Kimya oder an Oma oder ich stellte mir vor, wir würden gerade eine Szene aus einem meiner Lieblingsfilme nachstellen. Aus *Pulp Fiction* oder *Good Fellas*. Aber wahrscheinlich dachte ich an gar nichts.

Wir mussten nicht lange warten. Tuncer und Mark waren schnell wieder da und hatten einen Koffer dabei. Sie sprangen auf die Rücksitze, Tuncer rief Bella zu: »Fahr!«, und sie gab Gas. Aber bevor ich noch fragen konnte, ob alles gut sei, kam uns ein Auto entgegen. Ich erkannte es sofort und bückte mich, damit mich keiner durchs Fenster sehen konnte. Und wusste nicht, ob es nicht vielleicht zu spät gewesen war. Tuncer und Mark waren total aufgedreht. Fühlten sich als die Supergangster.

»Das war total easy!«, riefen sie immer wieder. Und genehmigten sich erst mal ne Nase aus Tuncers Filmdose.

»Wisst ihr, wer da wohnt? Wem dieses Haus gehört?«, rief, nein, schrie ich.

Die drei reagierten überhaupt nicht. Das Koks oder Speed wirkte und bald hatte ich das Gefühl, ich schrie ne Wand an.

»Ich schreib meinem Käufer gleich, wir haben das Zeug«, meinte Tuncer. Er nahm sein Handy und tippte was und da sah ich, wie das Auto, das uns entgegengekommen war, im Rückspiegel auftauchte und uns folgte. Bella merkte es gar nicht, war viel zu aufgeregt und lachte. Erst als ich zum dritten Mal geschrien hatte, reagierte sie.

»Bella! Gib Gas, verdammte Scheiße! Das Auto hinter uns darf uns nicht erwischen!«

Und ich weiß nicht, ob Bella auch auf Speed war oder ob sie plötzlich begriff, dass die Situation ernst war oder sie einfach ne gute Fluchtfahrerin sein wollte. Jedenfalls trat sie aufs Pedal, als wollt sie uns alle umbringen und die Prollokarre von Tuncer raste über die Landstraße. Das schwarze Auto hinter uns wurd kleiner und wir waren bald wieder in der Stadt. Schienen sie also abgehängt zu haben.

Als wir vor dem Haus von Tuncer und Mark hielten, schrie ich sie nochmal an, ob sie überhaupt wussten, was sie da taten, wen sie da bestohlen hatten?

»Entspann dich, Cheyenne. In ein paar Tagen sind wir reich. Mein Käufer hat mir schon zurückgeschrieben. Wir treffen uns nächsten Freitag.«

»Ja. Wenn wir dann alle noch leben«, sagte ich, aber das schien wieder keiner gehört zu haben.

FUCK

Das Nächste, was ein paar Tage später passierte, war, dass Oma auftauchte. Sie rief mich vorher an und fragte, ob ich zuhause bin und ob Troy auch da wäre. Ich sagte, ja, bin da und Troy nicht, keine Ahnung, wo der ist. Gut, antwortete sie und zehn Minuten später stand sie in unserer dreckigen Küche und machte Tee.

Sie war irgendwie anders als sonst. Wirkte nervös.

Als sie mir dann gegenüber saß, fragte sie mich: »Hast du dich in letzter Zeit mit diesem Tuncer und diesem Mark getroffen?«

Eigentlich kann ich sehr gut verstecken, wenn ich mich erschrecke, aber meiner Oma gegenüber hab ich das noch nie gut gekonnt. Also musste ich im Grunde gar nicht antworten.

»Was genau habt ihr getan?«, fragte sie weiter.

Und ich weiß auch nicht wieso, aber plötzlich kam alles aus mir raus, ich sagte Oma alles, was ich wusste. Sie hörte sich die Geschichte an, ohne mit der Wimper zu zucken. Oma ist die härteste Frau, die ich kenne.

Als ich fertig war, sah sie mich eine Zeit lang an. Dann atmete sie tief ein und aus.

»Weißt du, der eigentliche Grund, warum ich dich nicht mit ins Geschäft geholt habe, ist nicht, dass ich denke, du bist zu jung dafür, obwohl ich das immer gesagt habe«, fing sie an. »Der eigentliche Grund ist, dass deine Mutter für dich was anderes wollte. Ich habe ihr versprochen, bevor sie starb, dass ich dich nicht mit ins Geschäft hole. Als dein Vater starb und du diesen Job in dem Klamottenladen anfingst, dachte ich: Warum nicht? Mir ist klar, dass du es hasst, aber es ist deine Chance auf ein normales

Leben. Als dein Opa und ich nach Deutschland kamen, sagte ich, na gut, wir leben jetzt im Kapitalismus. Also passen wir uns an. Ich begann, das Geschäft aufzuziehen. Für deinen Opa war das nichts. Weißt du, er war maßlos enttäuscht von allem. Vor allem vom albanischen Kommunismus. Das hätte er niemals offen zugegeben. Es war klar, dass Enver Hoxha ein Wahnsinniger war und wir wollten auch weg. Trotzdem haben wir lange gezögert. Er sagte immer: ›Wozu weggehen, Admira? Damit ich in irgendeinem kapitalistischen Scheißland Taxifahrer werde und du Putzfrau?‹ Dein Großvater war sehr gebildet, weißt du? Er war Grundschullehrer und schrieb in seiner Freizeit wunderbare Gedichte auf Albanisch. Als wir nach Deutschland kamen, lernte er die Sprache, aber er schrieb nie wieder etwas. Er war verbittert und trotzdem war er sein Leben lang davon überzeugt, dass der Kommunismus eigentlich die Lösung für alle Probleme in der Welt gewesen wäre. Er hielt nicht viel von dem Geschäft, sagte aber nichts dazu. Tat, was notwendig war, leistete seinen Beitrag. Vielleicht dachte er, wenn die Deutschen schon glauben, dass alle Albaner Gangster wären, dann könnten wir es auch wirklich sein.

Ach ja, das ist alles lange her. Und nun sitzen wir hier und du bist dabei eine Kleinkriminelle zu werden. Ich kann dir nur sagen, dass das ein schlechter Weg ist und du lieber weiter in dem Laden arbeiten solltest. Das wäre ein normales Leben.«

Sie blickte mich an. So hatte sie noch nie mit mir gesprochen. Vielleicht war es das erste Gespräch, dass sie mit mir als Erwachsene geführt hatte. Und vielleicht war das der Grund, dass ich ihrem Blick standhalten konnte. Dann sagte ich: »Oma, ich glaube, ich will gar kein normales Leben führen.«

Sie sah mich eine Weile weiter an, ohne etwas zu sagen. Dann nickte sie.

»Gut. Das heißt aber auch, dass du jetzt mehr Verantwortung

übernimmst. Geh nach Frankfurt zu deinen Freunden und sag ihnen, sie sollen die Sachen, die sie geklaut haben, sofort zurückgeben. Ich spreche mit Bimbashi. Und wenn wir Glück haben, ich sage, wenn wir Glück haben, kommen deine Freunde mit dem Leben davon. Fahr jetzt gleich. Du schaffst das, Cheyenne. Du bist eine Kriegerin.«

Als ich in der S-Bahn saß, versuchte ich, Tuncer anzurufen. Aber niemand meldete sich. Nur seine Stimme auf der Mailbox sagte etwas dümmlich: »Hier King Tuncer. Nachrichten nach dem Piep!«

Es dauerte ewig, bis ich da war. Ich glaube, die Leute in der S-Bahn dachten, ich wäre ein Junkie auf Entzug, weil ich am ganzen Körper zitterte. Wie in nem schlechten Traum stieg ich am Hauptbahnhof aus und rannte fast schon Richtung Kaiserstraße. Als ich endlich vor dem Haus stand, musste ich erst mal verschnaufen. Dann ging ich rein, aber bevor ich die Treppe hochgehen konnte, wäre ich fast schon wieder rausgestolpert. Ich hatte oben am Treppenabsatz jemanden stehen sehen, der gerade runterkommen wollte. Ich versteckte mich unter der Treppe, ungefähr dort, wo ich bei meinem ersten Besuch die Junkies gesehen hatte und versuchte, nicht so laut zu atmen. Es war dieser Zweimetertyp, den Bimbashi Harold genannt hatte. Er war nicht alleine, da kam noch jemand. Das war wahrscheinlich die Frau. Kim. Ich wartete, bis sie das Haus verlassen hatten, dann ging ich langsam die Treppe hoch. Warum, weiß ich eigentlich nicht. Wenn Bimbashi die beiden schon geschickt hatte, dann war es sowieso zu spät. Und trotzdem wollte ich wissen, was sie Tuncer und Mark gesagt hatten. Als ich oben war, merkte ich, dass die Tür nur angelehnt war, und ich fragte mich, ob ich wirklich wissen wollte, was da drinnen auf mich wartete. Dann gab ich wie in einem scheiß Traum der Tür einen Schubs und ging in die Wohnung und ich erinnere mich nur noch daran, dass ich nichts anderes als »Fuck!« rufen konnte. Und auch lange danach, immer wenn mir die Bilder von dem Blut, das überall war und davon, wie die beiden zugerichtet waren, wieder einfielen, sagte ich immer nur »Fuck! Fuck! Fuck!« Das Nächste, was ich weiß, ist, dass ich am Hauptbahnhof auf einer Bank saß, eine Zigarette nach der anderen rauchte und mich nicht rühren konnte.

Als ich wieder einigermaßen klar war, rief ich meine Oma an. Ich sagte nur so was wie: »Es war zu spät!« Und sie meinte: »Komm sofort wieder nach Schwarzstetten. Du gehst nicht nach Hause, hörst du? Du kommst sofort in die Pizzeria. Ich schicke jemanden los, der Troy holt.«

Ich versuchte aufzustehen, aber es dauerte lange, bis es ging. Meine Beine zitterten zu doll. Die meisten Leute, die an mir vorübergingen, beachteten mich nicht. Nur eine alte Frau mit Rollator fragte mich: »Kindchen, alles in Ordnung?«

»Ja, ja. Alles gut«, sagte ich. »Ich hab nur gerade erfahren, ... dass meine Mutter gestorben ist.«

»Ach Gott, das tut mir leid? Kann ich Ihnen irgendwie helfen?«

Ich sah sie und ihren Rollator an und dachte: Unglaublich, die Einzige, die mir helfen will, kann es nicht, selbst wenn es nur darum gehen würde, mich nach Hause zu bringen.

»Nein. Geht schon«, sagte ich und zwang meine Beine, sich Richtung Eingang vom Bahnhof zu bewegen. »Es war ein tragischer Unfall. Auf der Autobahn. Viele Tote. Machen Sie es gut und Danke!«

Damit ließ ich sie stehen und machte, dass ich den nächsten Zug bekam. Niemand begegnete mir. Zumindest niemand, den ich kannte.

Am Bahnhof von Schwarzstetten warteten zwei Angestellte von Oma, die mich zwischen ihre Betonkörper nahmen und zur Pizzeria brachten.

Oma stand am Eingang und nahm mich in die Arme. Das Nächste, was ich weiß, ist, dass ich drinnen vor einer Tasse Tee saß. Meine Oma gegenüber.

»Und was ist mit Troy?«, fragte ich.

»Adnan hat ihn bei einem Freund aufgespürt. Er bleibt dort bei ihnen, bis ich Entwarnung gebe.«

Kurz tauchte vor meinen Augen das Bild auf, wie Adnan, ein Mann wie ein Grizzly, in seinem Pulp-Fiction-Anzug auf dem durchgesessenen Sofa eines der Kifferfreunde meines Bruders saß und die beiden mit seinem Betongesicht bewachte.

»Erzähl mir alles«, riss Oma mich aus meinen Gedanken.

Das machte ich. Dabei fing ich wieder zu zittern an.

Als ich fertig war, spreizte Oma ihre Hände, legte die Fingerkuppen aneinander und starrte mich eine Zeit lang an.

Dann nickte sie und sagte: »Du weißt schon, dass ihr selbst schuld an dieser Scheiße seid? Was für Gangster sind denn deine Freunde, wenn sie nicht gemerkt haben, wen sie da ausrauben? Oder wenn sie es gewusst und euch nichts gesagt haben, dachten sie wirklich, sie kommen damit davon? Bimbashi auszurauben ist die dümmste Idee, die ich je gehört habe. Da könntet ihr auch nach Nordkorea fahren und Kim Jong-Un in seine Babyspeckwangen kneifen.« Ich sagte eine Weile lieber nichts.

»Wie auch immer«, meinte sie dann. »Ich habe mit Bimbashi gesprochen. Er ist auf dem Weg hierher, weil er mit dir reden will. Keine Angst. Er wird dir nichts tun. Er will mit mir Geschäfte machen, keinen Krieg anfangen. Aber er wird von dir verlangen, dass du ihm sein Eigentum aushändigst.«

»Ich weiß überhaupt nicht, wo es ist. Tuncer hat es mitgenommen, weil er es so einem Typen verkaufen wollte.«

»Der wahrscheinlich inzwischen auch schon tot ist. Bimbashis Leute arbeiten schnell und effektiv.«

Spätestens da dachte ich, dass ich mir gleich in die Hosen mache.

»Aber ich weiß wirklich nicht, wo es ist.«

»Das musst du nicht *mir* sagen, Cheyenne, mein Schatz«, und zum ersten Mal schaute sie mich so an wie früher. »Du musst es *ihm* klar machen.«

»Fuck!«, rief ich plötzlich.

»Was ist?«, fragte Oma.

»Was ist mit Bella?«

AMATEURE

Einer meiner absoluten Lieblingsfilme ist *Reservoir Dogs*. Ich liebe diese Geschichte von dem Raubüberfall, der total schief geht. Ich mag Steve Buscemi und Harvey Keitel in ihren Rollen.

Thomas mochte ihn auch. Er sagte so was wie: Man hat da schon den ganzen Tarantino. Besonders in der ersten Szene, die mit einem Gespräch über Schwanzlängen und *Like a Virgin* von Madonna beginnt und damit endet, dass alle betroffen sind, wegen der sozialen Problematik von Single-Frauen in den USA. So ungefähr hat Thomas das jedenfalls gesagt. Als ich ihn zum ersten Mal sah, wusste ich das natürlich nicht. Ich war nur ein bisschen geil auf Michael Madsen, der damals noch nicht fett war, sondern sehr gut aussah, sogar noch in der Szene, in der er dem Bullen das Ohr abschneidet.

Luan Bimbashi sah von nahem ein bisschen wie Michael Madsen aus, aber weder wie der junge noch wie der alte, fette. Als er reinkam, fand ich ihn auf eine seltsame Weise irgendwie heiß, so wie Michael Madsen früher, aber gleichzeitig ekelte ich mich auch vor ihm. Und ich hatte eine scheiß Angst, nicht zu vergessen.

Die beiden Killer Harold und Kim waren auch mit dabei. Als ich sie sah, war es eigentlich noch schlimmer als das Gefühl bei Bimbashi. Harold sah mich ausdruckslos an. Kim lächelte, aber so, als hätte sie ein Insekt gesehen und überlegte, ob sie ihm erst die Beine oder die Flügel ausreißen sollte.

Bimbashi setzte sich Oma und mir gegenüber, Kim und Harold an einen anderen Tisch. Harold beschäftigte sich mit seinem Handy, Kim starrte mich weiter mit diesem Blick an.

»Ich glaube, wir sind noch nicht vollzählig«, sagte Bimbashi mit seiner verrauchten, hohen Stimme.

»Sie wird gleich hier sein«, meinte Oma.

Aber es dauerte und dauerte und niemand sagte etwas. Ich saß einfach da und hatte Todesangst. Doch je länger sich die Minuten hinzogen, desto mehr gewöhnte ich mich daran und wurd ruhiger. Man kann ja nicht die ganze Zeit Todesangst haben. Das hab ich später dann noch häufiger gemerkt. Irgendwann hat man halt keine Angst mehr und man tut was oder man stirbt eben.

Endlich ging die Pizzeria-Tür auf und Bella kam rein. Das heißt, sie wurde reingeführt von Avni. Sie sah nicht gut aus. Bleich, noch bleicher als sonst. Bella war so ein Mensch, der sich eingecremt tagelang in die Sonne legen konnte, aber mehr als n leichter Rotstich kam nicht dabei raus.

Jetzt sah sie so aus, als würde sie uns gleich vor die Füße kotzen. Sie hatte wohl auch schon alles mitgekriegt. Setzte sich neben mich und wir warteten wieder.

Bimbashi starrte uns beide an. Er hatte graue Augen, so grau wie n Wolfsfell. Dann fing er plötzlich an.

»Also, machen wir es kurz. Sagt uns, wo es ist und alle sind glücklich.«

Bella neben mir zitterte. Ich sah sie von der Seite an und wusste, sie würd keinen Ton rausbringen. Musste sich wohl noch ein bisschen an die Todesangst gewöhnen. Also sagte ich was: »Wir wissen aber nicht, wo es ist.«

Kim, die Killerhippiefrau in ihren bunten Klamotten, kicherte leise. Sonst sagte niemand etwas.

»Dir ist schon klar, Mädchen«, sagte Bimbashi endlich, »dass deine Freundin und du, dass ihr nur noch am Leben seid wegen deiner Oma? Ich hab gehört, ihr wisst, was mit euren beiden Freunden passiert ist?«

In diesem Augenblick brach Bella in Tränen aus. Oma gab Avni ein Zeichen und er brachte sie nach hinten. Das heißt, er wollte sie nach hinten bringen, aber Kim sprang auf, versperrte ihm den Weg und meinte: »Luan hat nicht gesagt, dass sie gehen kann.«

Es war schon beinahe putzig, wie sie vor dem riesigen, kantigen Körper von Avni stand, ohne eine Spur von Angst, vollkommen davon überzeugt, dass sie ihn töten könnte, bevor er verstand, was los war.

Avni grunzte nur und sagte etwas auf Albanisch.

Meine Oma blieb ganz ruhig und meinte zu Bimbashi: »Luan, sag ihr bitte, dass sie hier nichts zu sagen hat. Und dann erklär ihr, dass niemand Interesse an einem Krieg hat, der damit anfangen würde, dass ihr drei hier nicht lebendig rauskämt.«

»Du kannst ruhig mit *mir* sprechen. Ich stehe hier neben dir, Schwester!«, sagte Kim und da fiel mir erst auf, dass alle Angestellten von Oma ihre Waffen gezogen hatten. Oma schaute Kim an, wie ich es noch nie bei ihr gesehen hatte. Es sah aus, als würde sie gleich aufspringen und ihr den Kopf abreißen.

Aber da meinte Bimbashi: »Kim, es ist okay. Lass sie durch. Du musst an deiner Ausdrucksweise arbeiten. Es tut mir leid, Admira. Es ist nicht so einfach, heutzutage gutes Personal zu finden. Aber Kim hat trotz allem doch mehr Vorzüge als Fehler aufzuweisen.«

Kim sah aus, als wollte sie etwas sagen, aber ein Blick von Bimbashi und sie setzte sich wieder. Harold hatte während der ganzen Zeit nicht von seinem Smartphone aufgeschaut.

Als Bella in der Küche verschwunden war, entspannten sich alle wieder und es ging weiter: »Also, du wolltest mir gerade erzählen, dass du nicht weißt, wo es ist«, sagte Bimbashi zu mir.

»Ja. Das ist die Wahrheit. Tuncer und Mark haben es mit in ihre Wohnung genommen. Sie wollten es irgendeinem Typen verkaufen.«

»Ach, und du weißt nicht zufällig, wie dieser Typ heißt?«

»Nein, ich weiß nur, dass Tuncer sich freitags mit ihm treffen wollte. Wenn ihre Leute den Koffer in der Wohnung nicht gefunden haben, warum ... ich meine, warum haben sie es nicht einfach aus Tuncer und Mark ... herausbekommen?«

Bimbashi sah mich interessiert an.

»Sieh mal einer an. Schlaues Mädchen. Leider sind meine Leute manchmal etwas voreilig.« Dabei sah er zu Kim. »Sie mögen ihre Arbeit so sehr, dass sie ihr Gehirn zu spät anschalten. Aber immerhin sind sie nicht ganz mit leeren Händen gegangen. Harold, Handy!«

Ich dachte schon, er wollte Harold sein Handy abnehmen, wie der Lehrer nem Schüler, aber Harold griff in seine Tasche und holte ein anderes Handy hervor. Tuncers. Ich habs erkannt wegen der großen Türkeifahne, die hinten drauf war.

Bimbashi sah es sich eine Weile an, tippte, las.

»Ja, hier«, meinte er irgendwann fast schon uninteressiert. `Freitag Übergabe. 15 Uhr.` Das war dann wohl gestern. Mein Gott, diese Amateure«, Bimbashi ließ ein heiseres Lachen hören, als hätte ein Wolf Husten. »Schreiben einfach alles aus, ohne irgendwelche Geheimzeichen. Harold?«

Harold stand auf und nahm Tuncers Handy. Bimbashi gab ihm ein Zeichen. Harold beugte sich zu ihm runter und sein Boss flüsterte ihm etwas ins Ohr. Dann sagte er laut: »Und wenn du weißt, wo er wohnt, fährst du hin. Diesmal ohne Kim.«

»Luan, was ...?«, schrie sie sofort, aber Bimbashi redete weiter: »Du nimmst die beiden Mädchen mit.«

Jetzt war es Oma, die zusammenzuckte. Sah aus, als ob sie losschreien wollte.

»Ja, Admira«, sagte Bimbashi. »Das ist meine Bedingung. Dann sind wir quitt. Deine Enkelin und ihre Freundin gehen mit Harold und werden helfen, den Koffer wiederzubeschaffen. Das ist das Mindeste. Sie wollen doch Fluchtfahrerinnen sein? Dann können sie beweisen, wie gut sie sind.«

Mir wurde schwindlig. Alles drehte sich. Ich sah zu Oma und flüsterte nur leise: »Oma?«

Wie durch einen Nebel sah ich, dass Oma nickte.

Zwanzig Minuten später waren wir in der Küche. Oma, Avni, Kenan, Bella und ich. Bella hatte sich wieder etwas beruhigt, sah aber immer noch nicht gut aus. Eine Zeit lang sagte niemand etwas. Dann sprach Oma: »Es tut mir leid, aber euch beiden wird nichts anderes übrigbleiben, als zu tun, was Luan will.«

»Und woher willst du wissen, dass das Ganze nicht ein Trick ist? Dass dieser Harold uns beide einfach umbringt und die Sache allein erledigt?«, fragte ich. Hatte gemerkt, dass die Todesangst langsam zurückkehrte.

»Nein. Das macht keinen Sinn. Luan weiß, dass er damit einen Krieg provozieren würde. Ihr braucht keine Angst zu haben. Fahrt mit seinem Angestellten, wohin auch immer und dann fahrt ihr wieder zurück. Mehr müsst ihr nicht tun. Habt es ja gehört.«

»Und warum schicken Sie nicht jemanden von Ihren Leuten mit uns? So als Schutz?«, fragte plötzlich Bella. Das war das Erste, was sie überhaupt gesagt hatte.

»Nein. So funktioniert das nicht, meine Liebe«, sagte Oma. »Luan war da ganz klar. Es geht um Vertrauen gegen Vertrauen. Er vertraut darauf, dass wir alles so machen, wie er es will und ich vertraue darauf, dass er euch am Leben lässt.«

»Na, dann vertrau ich mal darauf, dass keiner das Vertrauen des Anderen ausnutzt«, hab ich dann gesagt.

NOCH MEHR AMATEURE

Und dann passierte die Sache mit dem Einbruch.

Ich weiß noch, dass ich am nächsten Morgen nach dem Treffen Kimya Dawson hörte. Avni hatte Bella und mich nach Hause gebracht. Natürlich hatte ich schlecht geschlafen, was scheiße war. Ich musste nämlich wieder arbeiten. Den Job bei Best Price Fashion hatte ich ja auch noch. Ich schaffte es auch aus dem Haus. War allerdings fünf Minuten zu spät. Normalerweise war das egal. Meine Kollegin Doreen merkte das eh nicht. Aber heute war etwas anders. Ausgerechnet.

Vor dem Laden stand ein Polizeiauto und daneben meine Chefin, die sich mit Kowalski unterhielt. Sie sah mich und winkte mich hektisch ran.

»Sie sind zu spät«, sagte sie.

»Ja. Tut mir leid. Ich hab verschlafen. Kommt nicht wieder vor. Was ist denn los?«

»Gestern wurde eingebrochen. Das ist Kommissar Kowalski. Wir wollten uns gerade das Überwachungsvideo ansehen. Kommen Sie mit. Vielleicht können Sie helfen.«

Sie redete immer so. Kurze, knappe Befehle. Kowalski schmunzelte und nickte mir zu. Hatte wohl kein Interesse daran, zu zeigen, dass wir uns kannten. Sollte mir recht sein. Da waren noch zwei andere Polizisten in Uniform, die mit reinkamen. Drinnen stand Doreen hinterm Tresen. Ihr mit Selbstbräuner und Kajal bedecktes Gesicht strahlte eine unglaubliche Sensationsgeilheit aus. Sie hatte wahrscheinlich ihrem Honey über WhatsApp schon alles erzählt. Als wir reinkamen, legte sie ihr Handy schnell zur Seite. Wir gingen in den Raum hinter dem Tresen, der gleichzeitig unser Pausen-, Umzieh- und sonstiger -raum war. Eigentlich mehr eine Abstellkammer mit Tisch und Stuhl. Wir passten noch nicht mal alle rein. Die beiden Polizisten, die Kowalski mitgebracht hatte, mussten ihm von draußen über seine Markenklamottenschultern schauen.

Dann spielte meine Chefin das Video ab. War selten schlechte Qualität. Man erkannte nur an der Stelle um 21:37 Uhr, dass zwei Vermummte das Schloss am Eingang knackten, in den Raum stürmten, sich dabei eher selbst im Weg standen, mehrere Minuten versuchten, die Kasse zu öffnen und dann, als sie es geschafft hatten, alle Scheine rausgrabschten und abhauten. Das Ganze sah dermaßen dämlich und amateurhaft aus, dass man es für ne schlechte Filmszene halten konnte.

»Das war alles?«, fragte Kowalski.

Meine Chefin zuckte die Schultern.

»Na gut«, meinte er. Und dann zu den beiden Polizisten. »Befragen Sie bitte die Anwohner. Vielleicht hat gestern Abend jemand zu der Uhrzeit was gesehen.«

Als die beiden weg waren, fragte er: »Wieviel Geld war denn in der Kasse?«

»Jeden Abend nach der Abrechnung befüllen wir sie für den nächsten Tag mit 250 Euro in kleinen Scheinen und Münzen«, sagte Doreen, die sich sehr freute, dass sie etwas sagen konnte.

»Was werden Sie jetzt weiter tun?«, fragte meine Chefin Kowalski. »Geben Sie eine Fahndung raus oder was?«

»Und wonach soll gefahndet werden? Nach zwei mittelgroßen Menschen in schwarzer Kleidung? Unter uns: Schreiben Sie die 250 Euro ab und kaufen Sie sich besseres Sicherheitsequipment. Vielleicht engagieren Sie auch einen Security-Service für die Zukunft. Sind Sie versichert?«

Meine Chefin nickte stumm.

»Na also«, sagte Kowalski. »Wenn meine Leute die Befragung der Anwohner abgeschlossen haben, fahren wir wieder aufs Revier. Sie hören von uns, wenn sich etwas ergibt.«

Meine Chefin unterhielt sich draußen noch kurz mit dem Kommissar. Dann kam sie wieder rein.

»Also, ich fahre dann auch wieder. Und wir sehen uns ja am Mittwoch«, sagte sie und warf Doreen einen Blick zu, als hätten die beiden ein Geheimnis. Doreen nickte ernsthaft und ich fragte mich, was hier eigentlich los war. Mittwoch war der Tag, an dem ich immer etwas früher gehen konnte, Doreen also allein den Laden abschloss. Dachte ich.

»Ist denn heute ganz normal geöffnet?«, fragte ich, obwohl die Antwort schon klar war.

»Ich meine, nach dem Überfall und so?«

Meine Chefin sah mich an, als hätte ich ihr vor die Füße gespuckt.

»Natürlich ist ganz normal geöffnet.«

Dann war sie auch weg. Eine Zeit lang räumte ich das Lager auf. Doreen tat eigentlich nichts. War mit ihrem Handy beschäftigt. Erzählte wahrscheinlich allen ihren Freundinnen auf Facebook oder Instagram, was passiert war.

Irgendwann sagte ich zu ihr: »Komm, wir machen ne Raucherpause. Heute kommt eh keiner.«

»Okay.«

Als wir dann draußen standen: »Also, was ist am Mittwoch?«

»Was meinst du?«

»Na, komm schon. Am Mittwoch kommt die Chefin vorbei, um *was* zu tun?«

»Das kann ich dir nicht sagen.«

Sie genoss es. Zu wissen, was ich nicht wusste. Aber war klar, dass sie das nicht lange durchhalten würde.

»Ich sags auch keinem weiter.«

Sie zog lange an ihrer Kippe. Dann sagte sie: »Na gut. Aber du darfst wirklich keinem was erzählen. Ich meins ernst. Sonst bin ich meinen Job los. Und du deinen auch.«

Ich nickte und fragte mich, ob das jetzt eine Strafe oder Belohnung wäre.

»Also, immer mittwochs kommt die Chefin vorbei und bringt mir einen Umschlag, in dem ziemlich viel Geld ist. Aus ihren anderen Geschäften. Und sie nimmt einen anderen Umschlag mit ziemlich viel Geld wieder mit. Weiß aber nicht, wohin.«

Sie rauchte weiter. Erwartete wohl, dass ich jetzt so was wie »Wow!« sagte.

»Und das ist alles?«

»Ja. Das ist kein normales Geld. Verstehst du?«

»Wusste nicht, dass es auch nichtnormales Geld gibt.« Ich hatte es schon kapiert. Machte mir nur Spaß, mich blöd zu stellen.

»Na ja, nirgendwo steht, dass es dieses Geld gibt. Auch nicht in der Steu-er-er-klä-rung.«

»Ah, jetzt hab ichs verstanden. Und wie viel Geld ist es jedes Mal?«

»Das weiß ich nicht. Ich lege es immer hinten in den Raum in eine Schublade.«

»Na komm, du hast doch bestimmt mal einen Blick draufgeworfen?«

Sie tat so, als würde sie sich zieren. Aber es gefiel ihr natürlich, dass ich sie so anbettelte.

»Also gut. Einmal war der Umschlag nicht richtig zu. Ich hab mal reingeschaut. Da waren bestimmt 20000 Euro drin, Cheyenne.«

»Wow, hätte nicht gedacht, dass die anderen Geschäfte so viel abwerfen. Aber wer weiß, was sie sonst noch so treibt? Und was hast du davon? Ich meine, du machst das doch nicht umsonst?«

»Na ja, jeden Monat krieg ich einen kleinen Bonus bar auf die Hand. Ich leg das Geld beiseite, weil Honey und ich auf einen SUV sparen.«

»Ja, so was hab ich mir gedacht. Das heißt also, diese beiden Amateure hätten das Hundertfache klauen können. Sie hätten nur hinten im Raum in die Schublade schauen müssen?«

»Richtig. Haben wir Schwein gehabt! Du wirst es doch niemandem erzählen, Cheyenne? Wenn du willst, geb ich dir auch was von meinem Bonus ab.«

»Ach, lass mal, Doreen. Spar das Geld für Honey und dich. Ich erzähl es keinem. Hab genug andere Probleme.«

Der Tag verging wie viele andere in dem Laden in zäher Langeweile. Ein paar Muttis kamen mit ihren Kleinkindern in Buggys vorbei und sahen sich die Sonderangebote an. Aber eigentlich unterhielten sie sich die ganze Zeit nur übers Stillen und Wickeln und solchen Kram.

Gegen Mittag kam ein Typ vorbei, der zehn Jeans auf einmal kaufte und erzählte, seine Waschmaschine wär kaputt.

Als endlich Feierabend war, kam Doreens Honey sie abholen. Er fuhr so einen Smart mit nur zwei Sitzen. Die Frage, ob sie mich mitnehmen könnten, war damit jedes Mal schon vorher erledigt.

Während ich da noch so stand, hielt ein Wagen neben mir, ließ das Fenster runter und Kowalski lächelte mich an.

»Kann ich Sie nach Hause bringen?«

»Mir fällt keine Ausrede ein. Also ja.«

Er lachte und ich stieg ein.

Im Auto roch es nach Leder. Nach Leder und Rasierwasser.

»Und? Wie geht's Ihnen nach dem Überfall?«, fragte er.

»Wie solls mir schon gehen? Ich bin ja nicht überfallen worden. Also alles bestens. Werden Sie diese Typen erwischen?«

»Warum denken Sie denn, dass es Männer waren?«

»Keine Ahnung. Hab ich nur so gedacht.«

»Ich habe es Ihrer Chefin ja schon gesagt. Das hat keine großen Erfolgsaussichten. Von den Anwohnern hat niemand etwas zur fraglichen Zeit beobachtet. Wahrscheinlich haben diese Leute das Geld schon ausgegeben und sich nen netten Abend gemacht.«

Ein paar Augenblicke sagte niemand was.

»Sie haben nicht auf meine Anrufe reagiert.«

»Tut mir leid. Ich war krank.«

»Wie geht es denn Ihrer Großmutter?«

»Warum fragen Sie sie nicht selbst?«

»Sie hatten ja neulich noch ein Treffen mit ihr und Luan Bimbashi. Was wurde denn da besprochen?«

Ich sah ihm ins Gesicht. Aber er guckte nur weiter auf die Straße. Ich wusste nicht, was ich sagen sollte. Konnte ihm wohl schlecht alles erzählen. Wenn ich zur Polizei laufen wollte, hätte ich das schon längst getan. Aber ich konnte Oma nicht verraten. Außerdem war Kowalski nicht der Typ, der mich unter Polizeischutz stellte. Er war eher der Typ, der die Informationen nahm und mich hinterher in der Gosse liegen ließ. Da war ich mir ziemlich sicher.

»Nichts. Es war nur ein nettes Treffen unter Albanern.«

Er lachte wieder laut.

»Ich weiß nicht, wie ich es Ihnen begreiflich machen soll. Aber Bimbashi und seine Leute, das sind richtige Killer. Cheyenne, wenn Sie mir Informationen liefern würden, könnte ich die ganze Bagage verhaften lassen. Es soll auch nicht umsonst für Sie sein. Sie bekommen jeden Schutz, den ich erwirken kann.«

Wer's glaubt, dachte ich.

»Außerdem würde ich weiterhin ein Auge zudrücken, was die Eskapaden Ihres Bruders betrifft. Was glauben Sie, würden wir finden, wenn wir Ihr Haus durchsuchten?«

Ich merkte, wie ich richtig wütend wurde. Die Wut stieg in mir auf und brüllte wie ein wildes Tier. Das war mal eine nette Abwechslung nach der ganzen Todesangst. Aber ich ließ sie nicht raus. Atmete nur tief ein und aus.

»Schlafen Sie eine Nacht darüber. Sprechen Sie mit Ihrem Bruder, was er davon hält. Und dann sagen Sie mir Bescheid.« Er hielt an und gab mir eine Karte mit seiner Nummer. Jetzt erst merkte ich, dass wir vor unserem Haus hielten.

Kowalski beugte sich leicht zu mir rüber und sah aus dem Fenster Richtung Haus.

»Die Gelegenheit scheint günstig zu sein. Ihr Bruder ist wohl endlich mal da.«

Ich guckte auch aus dem Fenster und sah, dass Licht brannte.

»Danke fürs Nachhause fahren«, stieß ich zwischen den Zähnen hervor und stieg aus.

Ich ging sofort zur Tür. Kowalski fuhr davon und ich brauchte noch ein paar Augenblicke. Musste erst die Wut wieder einsperren.

Dann ging ich rein. Sofort roch ich das süßliche Aroma von Gras. Kowalski hatte recht gehabt. Troy war zu Hause.

TROY

Topfdeckelklingklong aus der Küche. Troy war anscheinend dabei, sich was zu kochen. Was er so kochen nannte. Eine Zeit lang hatte er immer nur Spaghetti mit ultrascharfen Peperoni gegessen. Um beim Kiffen nen geilen Flavor zu haben. Oder überhaupt noch irgendwas zu schmecken.

Ich zögerte kurz. Weiß selbst nicht, warum. Dann ließ ich mich aufs Sofa fallen und rief:

»Hi, Troy.«

Kurze Stille. Er kam ins Wohnzimmer. Mein großer Bruder! Stand da mit dem Joint im Mundwinkel. Papa hatte immer gesagt, er lässt zu sehr die Schultern hängen. Soll gefälligst gerade stehen. Früher hatte Troy gehorcht und versucht, Brust raus, Bauch rein. Schultern nach hinten. Wie beim Militär. Dabei hatte er weder breite Schultern noch viel Brust. War eher lang und schmal.

Später einmal sagte Troy zu Papa, dass er sich das von keinem sagen lässt, der selbst nicht mal mehr stehen kann. Worauf Papa erst rumschrie, irgendwas von respektlos und so und dann im Keller verschwand. Wir waren schon ne nette kleine Familie!

»Hey, Cheyenne«, grinste er. Schien sich jedes Mal ehrlich zu freuen, wenn er mich sah. Dann merkte ich immer selbst erst, wie gern ich ihn hatte.

»Willst du was essen? Ich koch gerade was.«

»Was gibt's denn?«

»Spaghetti mit Tomatensauce. Für dich ohne Peperoni. Und als Nachtisch Schokoladenpudding.«

»Okay. Klingt gut.«

Dann saßen wir in unserer verdreckten Küche und saugten die Spaghetti ein. Mit spitzen Mündern. Dass die Soße überall hin spritzte.

»Und wo warst du die letzten Tage so?«, fragte ich.

»Ach, unterwegs. Nichts Besonderes. Und du?«

»Arbeiten. Wie immer.«

»Du solltest diesen Job wirklich hinschmeißen.«

»Ach. Und so leben wie du, oder was?«

»Immer noch besser als den Leuten so einen Schrott anzudrehen.«

Ich sagte nichts. Hatte keine Lust auf Streit. Dann dachte ich plötzlich, scheiß drauf.

»Und habt ihr die 250 Euro schon ausgegeben?«

»Was meinst du?«

»Die dein Idiotenkumpel und du bei Best Price Fashion geklaut habt.«

Vielleicht lag es am Gras, dass er so ruhig blieb. Jedenfalls hätte ich es Troy fast geglaubt, als er sagte: »Ich weiß wirklich nicht, was du meinst.«

»Troy, deinen Gang würde ich jederzeit überall wiedererkennen. Auch auf einem schlechten Schwarzweißvideo und wenn du eine Maske trägst.«

Er atmete schwer ein und aus.

»Okay. Ich gebs zu. War nichts Persönliches, dass es gerade dein Laden war. Tut mir leid, okay?«

»Es ist nicht mein Laden und im Grunde ist es mir auch scheißegal. Aber Kowalski nicht.«

»Hast du mit diesem Bullen gesprochen?« Jetzt hörte ich leichte Panik bei ihm.

»Na klar. Aber darum ging es eigentlich nicht. Keine Sorge. Er weiß nicht, dass du es warst.«

»Ach, Fuck. Es war eigentlich Andys Idee. Ich hätt das doch nicht gemacht. Meinst du, die kriegen uns, Cheyenne?«

»Glaub ich kaum. Meiner Chefin ist es auch egal. Die ist versichert. Was habt ihr denn mit dem Geld vor?«

Er machte mit seinen Händen so eine Bewegung, wie ein Zauberer, der Dinge verschwinden lässt.

»Ist schon weg. Ausgegeben.«

»Und wofür?«

»Musste ein paar Schulden begleichen. Und ich hab mir einen Hut gekauft.«

»Was?«

»Ja. Warts ab. Ich zeig ihn dir.«

Er ging in sein Zimmer die Treppe hoch und kam gleich wieder runter. Er trug so einen karierten Hut. Ein bisschen wie Sherlock Holmes. Ich wusste nicht, was ich sagen sollte.

»Wie teuer war der denn?«

»Hab ich günstig im Internet gekauft. Nur 60 Euro.«

Dann kam es in Wellen. Das Lachen steckte ganz tief in mir drin. Unter der Wut, die ich vorhin noch gespürt hatte. Und unter der Todesangst. Ich bekam einen Lachflash. Konnte einfach nicht mehr. Konnte einfach alles nicht mehr fassen.

Das Einzige, was noch aus mir rauskam, war: »Und was hat Andy mit seinem Anteil gemacht? Ein Halstuch gekauft?«

»Weiß ich nicht. Hör auf zu lachen.«

»Ich kann nicht.«

»Gut. Ich komm wieder, wenn du dich beruhigt hast.« Er ging die Treppe hoch. Ich musste noch eine Weile weiter lachen. Dann war ich fertig.

Ich ging zu Troy, klopfte an seine Zimmertür. Ja, rief er. Schien also nicht wirklich sauer zu sein. Ich ging rein und meinte zu ihm, wir müssen reden. Und dann redeten wir.

MIT MUSIK GEHT ALLES BESSER

Das, was mit Tuncer und Mark passiert war, wurde bekannt als der »Doppelmord in der Kaiserstraße«, auch wenn es gar nicht direkt in der Kaiserstraße gewesen war. Kam sogar im Fernsehen. Die Polizei sagte so was wie, sie ermitteln im Rotlichtmilieu und dass die beiden Toten irgendwie Verbindungen zum organisierten Drogenhandel hatten, blablabla. Was wussten die schon? Klang jedenfalls danach, als würds keinen groß interessieren, was mit Tuncer und Mark wirklich passiert war. Bella rief panisch bei mir an und meinte, sie packt das alles nicht. Erst der Mord und jetzt sollten wir mit dem gleichen Typen noch einen Mord begehen. Ich sagte, Bella, reiß dich zusammen, obwohl ich das selber kaum konnte.

Ich legte auf. Wir warteten die ganze Zeit, wann diese Sache in Frankfurt losgehen sollte. Es war zum Zerreißen.

Und dann kam auch noch Thorben vorbei. Er war eigentlich nicht häufig bei mir. Vielleicht war es ihm zu dreckig. Ich war auch nicht so wahnsinnig gern zu Hause. Also fand ich es ganz gut, wenn ich öfters bei ihm war.

Aber jetzt stand er plötzlich vor unserer Haustür. Ich war wieder alleine. Troy hatte sich weggemacht. Thorben gab mir einen Begrüßungskuss. Aber irgendwas stimmte nicht. Jedenfalls war das einer der schlechtesten Begrüßungsküsse, die ich bis zum heutigen Tag bekommen habe.

»Cheyenne, wir müssen reden.«

Das klang irgendwie nicht gut.

»Okay. Du kannst reinkommen. Ich hab aber nicht aufgeräumt.«

Kurz darauf saß er auf dem grünen Sofa, von dem sich der Stoff schon langsam ablöste. Wir hatten dieses Ding schon so lange ich denken konnte. Wahrscheinlich bin ich schon darauf gestillt worden und Troy wohl auch. Heute sah es irgendwie traurig aus, wie Thorben da drauf saß.

»Willst du was trinken? Ich hab aber nur Tee oder Kaffee oder Wasser aus der Leitung.«

»Nein. Nein. Es ist schon okay. Warum ich vorbeikomme ... Na ja, ich wollte es dir eigentlich schon lange sagen.«

»Was sagen?«

»Also vor ein paar Tagen ist ein Brief gekommen. Von der FU.«

»Was für ein Brief und wer ist diese FU?«

»Die Freie Universität in Berlin. Da hatte ich mich doch beworben für Filmwissenschaft. Das hab ich dir doch erzählt.«

Es wirkte kurz so, als wäre er beleidigt, dass ich mich nicht erinnern konnte. Also sagte ich schnell: »Ja, natürlich. Wusste ich doch.« Und streichelte ihn an der Schulter.

»Ich wurde angenommen, Cheyenne. Ich kann ab nächstem Wintersemester dort studieren.«

»Nächsten Winter also. Aha!« Ich war nicht ganz bei mir. Ich hörte die Worte, ohne sie richtig zu verstehen. Lag wohl daran, dass ich bald die Komplizin von einem Auftragskiller sein würde und andere Sachen im Kopf hatte.

»Ist das nicht fantastisch?«, fragte er.

Da war es, als würde sich plötzlich mein Gehirn einschalten, das kurz Urlaub gemacht hatte.

»Aber ich dachte, du wolltest das gar nicht? Sondern deine Eltern würden dich zwingen?«

»Das stimmt schon. Aber manchmal ... manchmal ist es vielleicht so, dass ... wir nicht genau wissen, was wir wollen und wir brauchen erst jemanden, der uns zeigt, ... also ... was wir wollen. Und dann merken wir erst, dass wir das auch wollen. Verstehst du?«

»Ja, verstehe. Das letzte Mal hab ich mich mit Zwölf so gefühlt.«

»Bitte, Cheyenne. Sei nicht sauer. Dieses Studium ist mir wichtig.«

»Schön. Das heißt also, du ziehst dann im Winter nach Berlin?«

»Na ja, nicht erst im Winter. Meine Mutter hat da schon was für mich gefunden. Weißt du, es ist echt nicht einfach, was in Berlin zu bekommen und dann auch noch in Kreuzberg. Das geht nur über gute Kontakte. Und es ist auch nicht billig. Aber meine Mutter kennt jemanden, der jemanden kennt. Das heißt also, ich hab ein WG-Zimmer. Aber nicht erst zum Winter, sondern schon nächsten Monat.«

»Was, nächsten Monat? Das ist ja schon in ... welchen Tag haben wir heute?«

»Das ist in zwei Wochen.«

»Ach, in zwei Wochen? Und du bist jetzt für einen Abschiedsfick vorbeigekommen, oder was?«

»Nein! Cheyenne. Ich ... Es tut mir leid, ich hätte dir das alles schon viel früher sagen sollen. Wenn ich in Berlin bin, das wird ein ganz neues Leben für mich, weißt du? Deswegen ist es besser, wir machen einen klaren Cut.«

»Momentmomentmoment.« Ich hatte das Gefühl, mein Gehirn schaltete sich ständig ein und aus. Als gäbs da nen scheiß Wackelkontakt.

»Heißt das, du machst Schluss mit mir?«

»Ich fürchte, ja. Ich liebe dich, Cheyenne. Aber glaub mir, es ist besser so.«

Niemand sagte mehr was. Ich wartete, aber da schien nichts mehr zu kommen.

»Schön«, hörte ich mich endlich sagen. »Ich glaub, das Beste ist, du gehst jetzt, so lange ich dich noch mag.«

Er sah mich an und da war wohl irgendwas in meinen Augen,

weswegen er ruckartig aufstand und meinte: »Ja, gut. Also, ich geh dann.«

Aber bevor er zur Tür raus war, sagte ich: »Thorben?«

Und er drehte sich um und fragte: »Ja?«

Und dann kamen aus mir alle Beleidigungen raus, die ich kannte, was ziemlich viele waren, wie mir auffiel. Unter anderem die absurdesten Schimpfworte, irgendwas mit töten und in den Hals scheißen oder so ähnlich.

Am Ende sagte ich dann noch: »Übrigens hab ich neulich in Frankfurt mit Tuncer gefickt. Und es war gut.«

Thorben ließ alles über sich ergehen. Als dann nichts mehr kam, ging er. Und ich blieb allein zurück.

Weiß nicht, wie lange ich auf dem Sofa saß und die Haustür anstarrte.

Dann tat ich etwas, was ich normalerweise nie tat. Wahrscheinlich stand ich noch unter Schock. Ich fing an zu putzen und aufzuräumen. Und dann nach zwanzig Minuten oder so dachte ich, dass ich Musik brauche. Also machte ich Kimya Dawson an, aber das hing mir auch zum Hals raus. Sorry, Kimya! Ich brauchte irgendwas Schnelleres, etwas mit mehr Hass. Nach mehreren Versuchen fand ich *Slayer* und ihr Album *Reign in Blood*. Das hörte sich gut an. Also machte ich es an und es war genau das Richtige.

Ich war wie im Rausch. Weiß jetzt nicht, ob Blutrausch oder Putzrausch, aber am Ende war das ganze Haus sauber und aufgeräumt. Wie n scheiß Haus von Leuten, die sich ne Putzfrau leisten konnten. Na gut, nicht das ganze Haus. Aber immerhin das Erdgeschoss. Die oberen Zimmer hatte ich ausgelassen. Die waren einfach zu dreckig. Dann machte ich die Musik aus. Sie hinterließ ein angenehmes Rauschen in den Ohren, als wäre jetzt die ganze Welt still. Als wäre eine Atombombe oder so was auf Schwarzstetten gefallen und hätte dieses Drecksnest endgültig ausgelöscht; als wäre ich der letzte Mensch auf der Welt. Natürlich fiel mir dieser Film mit Will Smith ein. Aber der war schlecht und ich vergaß ihn wieder.

Ich machte die Haustür auf und setzte mich in den Eingang. Auf die Treppe. Nahm eine Zigarette und zündete sie an. In diesem Augenblick dachte ich, dass Rauchen das einzige war, das mir noch geblieben war. Ich sog tief ein, bis mir schwindlig wurde. Die Vögel zwitscherten, die Sonne schien. Die Welt war noch da.

Dann merkte ich, dass ich eine Nachricht bekommen hatte. Ich sah auf mein Smartphone und las, was meine Oma geschrieben hatte.

»Morgen Nachmittag. 15 Uhr. Am Bahnhof.«

Es sollte also losgehen. Ich rief Bella an.

»Ich hab es auch schon gesehen«, sagte sie.

»Welcher Tag ist heute?«, fragte ich.

»Samstag.«

»Sag mal, hättest du Lust, dich heute abzuschießen?«

AM 30. MAI IST DER WELTUNTERGANG

Astrid hat mir mal was über Trauerarbeit erzählt. Irgendwas von verschiedenen Phasen. Wut und Verdrängung waren auch mit dabei. Ich hab das dann später in den Therapien alles einmal durchgemacht. Damals dachte ich: Keine Ahnung, ob das auch zählt, wenn gerade der Freund mit dir Schluss gemacht hat. Jedenfalls war ich ziemlich sauer. Und dann war da ja auch noch der Tod von Tuncer und Mark. Mark hatte ich, wie schon gesagt, nie so wirklich gemocht. Das heißt aber nicht, dass sein Tod mir scheißegal war. Die Gefühle, die ich hatte, wenn ich an Tuncer dachte, verdrängte ich lieber.

Nachdem ich Bella gefragt hatte, ob wir uns zusammen abschießen wollen, sagte sie erst mal nichts. Dann aber meinte sie, dass sei ja jetzt auch egal und wenn wir schon vielleicht bald sterben, könnten wir vorher auch noch ein bisschen Spaß haben.

Also holte sie mich abends ab und wir fuhren in so eine Großraumdisco, wo der Eintritt und die Getränke scheiß teuer waren mit schlechter Musik. So eine Bumsbude für Zwanzigjährige. Wir waren noch nicht Zwanzig, aber egal.

Die Türsteher waren breit gebaut, trugen Bomberjacken und Doc Martens und hatten Muster in ihre Bärte rasiert. Rochen penetrant nach Rasierwasser. Bisschen wie Kowalski. Ich fand sie im Vergleich zu den Angestellten meiner Oma eher lächerlich. Sie kontrollierten unsere Ausweise und ich fragte mich, ob sie überhaupt lesen konnten. Dann waren wir drin.

Gingen zur Bar. Wollten aber die Getränke nicht selber bezahlen. Also ließen wir uns die ganze Zeit von irgendwelchen

Vollidioten einladen, die dachten, sie können uns abschleppen. Shot, Bier, Shot, Bier. Ich merkte, dass ich den Überblick verlor. Und fühlte etwas in meinem Mund schlabbern und gleichzeitig auf meiner Haut piksen. Anscheinend knutschte ich gerade. Mit irgendwem. Jemand nahm meine Hand und zog daran. Zog mich weg von diesem schlabberig-piksigen Mund. Es war Bella. Im Weggehen fiel mir auf, dass der Typ, den ich geknutscht hatte, gar nicht so schlecht aussah. Und ich wollte schon was sagen, da meinte Bella: »Wir wollens jetzt aber mit dem Abschießen nicht gleich so übertreiben.«

Ich dachte, sie hat recht. Wir tanzten. Keine Ahnung, was das für Musik war. Ich spürte die Beats in meinem Körper. War aber auf jeden Fall scheiße. Nichts, was ich jemals zu Hause hören würde. Ein Typ mit einem blauen Nike-Pulli tanzte mich an. Ich fragte ihn, ob er Geld von Nike kriegt, weil er doch Werbung macht und so. Er hörte auf, mich anzutanzen und schrie über die Beats hinweg: »Das ist mein bester Pulli!«

Da tat er mir irgendwie leid und ich fragte ihn, ob ich ihn zu einem Getränk einladen darf. Er sagte nur sowas wie: »Verarschen kann ich mich alleine.« Und zog ab. Dabei hatte ich es ernst gemeint. Außerdem hatte der *mich* doch angetanzt. Bella gab mir Zeichen, dass sie aufs Klo wollte und ich ging mit. Der Boden schwankte ein bisschen. Die Shots und das Bier taten ihre Wirkung.

Auf dem Klo gingen wir an der Reihe von Frauen vorbei, die vor dem Spiegel ihr Make-up nachzogen und verschanzten uns in einer Kabine. Bella legte zwei Lines und gab mir so ein kleines Glasröhrchen. Nachdem wir beide fertig waren, fragte ich sie: »Was war das überhaupt?«

»Ketamin.«

»Toll. Warum sagst du mir das nicht vorher?«

»Warum fragst du mich das nicht vorher?«

»Stimmt.«

Also gingen wir wieder auf die Tanzfläche. Während der nächsten zwanzig Minuten merkte ich, dass alles irgendwie viel langsamer wurde. Der Boden schwankte nicht mehr, er war ein riesiges Wasserbett. Ich musste vorsichtig sein. Bei jedem Schritt sank mein Fuß ein. Und gleichzeitig hatte ich so ein warmes Gefühl. Irgendwie auch schön. Natürlich wusste ich, dass das die Drogen waren und natürlich musste ich an Johnny Depp in *Fear and Loathing* denken. Aber das änderte ja auch nichts.

Und dann hörte ich plötzlich einen Gesang, der immer wieder kam. »Am 30. Mai ist der Weltuntergang.« Keine Ahnung, ob ich mir das einbildete oder ob das wirklich Teil von dem Song war. Jedenfalls war da in meiner Nähe eine Gruppe von Männern, die die Arme umeinander gelegt hatten und laut mitgrölten. Sie trugen alle das gleiche hellblaue T-Shirt. Da stand irgendein Name drauf. »Günni« oder »Gunnar« oder so ähnlich und irgendwas von »Abschiedstour«.

Noch während ich versuchte, den Namen zu lesen, merkte ich plötzlich, dass ich dringend frische Luft brauchte. Also ging ich so schnell ich konnte Richtung Ausgang, was nicht so einfach war, denn man musste eine Treppe hoch und dann möglichst unauffällig an den Bartmusterträgern vorbei. Und die Treppe war auch ein scheiß Wasserbett. Musste mich am Geländer festhalten, aber das war aus aufgeblasenem Gummi, wie Kinderspielzeug. Konnte es mit der Hand zusammendrücken. Irgendwann war ich oben. Eine Frau an der Kasse fragte mich: »Stempel?« Ich nickte und sie nahm mit festem Griff mein Handgelenk und stempelte mir irgendwas auf den Unterarm. Ich glaube, es war ein Affe. Dann fühlte ich, wie mich frische Luft einhüllte, in meine Lungen strömte und ich dachte mit einem Mal, ich bin ganz klar. Aber es kam in Wellen und ich schaffte es gerade noch um die nächste

Ecke, als ich anfing, im Schwall zu kotzen. Kotzte alles aus mir raus. Und ich weiß noch, dass ich beim Würgen hoffte, auch meine Wut und Traurigkeit mit rauszukotzen. Die ganze Erinnerung an Thorben. Und die an Tuncer gleich mit. Ich sah irgendwas Buntes vor meinen Augen. Jemand hielt mir die Haare zurück. Bella. Als ich dann irgendwann nur noch Galle hochwürgte, beruhigte sich langsam alles. Ich lehnte mich an die Mauer. Und wollte schon was zu Bella sagen. Da sah ich, es war gar nicht Bella. Ein grinsendes Frauengesicht. Dreadlocks. Das Bunte, das ich vorhin gesehen hatte, waren ihre Klamotten gewesen. Kim.

Ich machte den Mund auf, aber es kam nichts raus. Kim legte den Zeigefinger auf die Lippen. Dann sagte sie: »Ich dachte, wir beide führen mal ganz in Ruhe ein Gespräch. So von Frau zu Frau.«

Ich wollte laut um Hilfe schreien, aber bekam immer noch keinen Ton raus.

»Also, du weißt schon, warum du morgen mit Harold diese Sache machst?«

Sie wartete gar keine Antwort ab.

»Luan will mich bestrafen, indem er mir verbietet, mitzukommen. Weil ich diese Idioten umgebracht habe, anstatt vorher Informationen aus ihnen herauszubekommen. Deshalb fahren deine Freundin und du mit. Das ist der einzige Grund. Aber ich sag dir was. Ich behalt dich im Auge. Solltest du einen Fehler machen, bin ich da und dann Gnade dir Gott, meine Liebe.«

»Tuncer und Mark waren keine Idioten.«

Das hatte ich einfach so gesagt, ohne groß darüber nachzudenken. Auch wenn es nicht stimmte. Sie holte ihr Butterfly raus, stellte sich ganz nah vor mich und hielt mir das Messer an die Kehle.

»Weißt du, so von Frau zu Frau. Du bist mir sympathisch«, sagte sie. »Niemand weiß besser als ich, wie sehr man sich als Frau in unserer Branche durchsetzen muss. Aber glaub ja nicht, ich würde dich nicht sofort töten, wenn du mir dumm kommst. Kann sein, dass deine Freunde keine Idioten waren. Zugegeben. Aber ich hätte sie sowieso umgebracht. Auch wenn sie uns vorher alles gesagt hätten, was sie wussten. Macht einfach keinen Unterschied.«

»Glaubst du, ich fahr freiwillig morgen mit?«

»Nein. So blöd bin ich auch nicht. Dir sollte aber klar sein, dass ich hier die einzige Frau in der Geschichte bin, sozusagen die Hauptfigur. Deine Freundin und du, ihr seid nur Nebendarstellerinnen. Also mach deine Sache morgen gut, aber nicht zu gut. Sonst hast du ein noch viel größeres Problem als Luan. Nämlich mich.«

In diesem Moment hörte ich Gesang vom Eingang, der immer näher kam. »Am 30. Mai ist der Weltuntergang.« Und da kamen sie schon um die Ecke. Die fünf Typen in ihren blauen T-Shirts. Kim packte blitzschnell ihr Butterfly weg und zischte mir noch so etwas zu wie: »Wir haben uns verstanden.«

Die Typen hatten uns gesehen und einer rief. »Günni! Kundschaft!« Einer von ihnen, so um die Dreißig, bisschen dick und total besoffen, stolperte mit einem kleinen Korb auf uns zu.

»Tschuldigung«, sagte er. »Ich heirate morgen. Wollt ihr vielleicht etwas kaufen? Ich muss den Kram heute Nacht noch loswerden.«

In dem Korb waren kleine Schnäpse und Kondome.

Einer von Günnis Kumpeln rief Kim zu: »Und wenn du willst, können wir die Kondome noch heute Nacht ausprobieren, Schätzchen!«

Die Typen lachten laut und Günni winkte ihnen zu, aufzuhören. War ihm wohl peinlich. Kim sagte: »Ich geb euch einen guten Rat. Es ist das letzte und einzige, was ihr von mir hören werdet: Verpisst euch!«

Einer von den Typen, der größte und breiteste, sagte: »Kein Grund, unfreundlich zu werden, du Schlampe.«

Dann sah ich die Typen nur noch so auseinanderfliegen. Kim schlug und kickte. Einer nach dem anderen ging zu Boden. Der Große versuchte sich zu wehren, aber keine Chance. Nach ein paar Sekunden lagen sie alle umher, blutend und stöhnend. Kim nickte mir zu und sagte: »Wir sehen uns, Cheyenne!« Dann ging sie gemütlich weg. Und ich beschloss auch, dass es Zeit war, zu gehen. Nach dem ganzen Gekotze ging es mir schon viel besser. Ich holte meine Tasche von der Garderobe und sah, dass Bella mich zwölfmal versucht hatte, anzurufen. Ich fand sie vor ihrem Auto. Sie hatte sich Sorgen gemacht, als ich so plötzlich weg war.

»Wo bist du denn gewesen?«

»Ich musste frische Luft schnappen. Können wir gehen?«

»Von mir aus. Ich weiß nicht, was beschissener ist. Die Musik oder die Typen da drinnen. Außerdem ist Ketamin wirklich ne blöde Droge, um drauf zu tanzen.«

Als wir dann im Auto saßen und losfuhren, fragte ich Bella, wo sie denn gewesen war.

»Ach, ich war ziemlich lange auf einem Stuhl. Saß einfach da und hab das Ketamin wirken lassen. Dann ist mir irgendwann eingefallen, ich könnt dich suchen.«

Ich hatte das Fenster runtergedreht und spürte den Fahrtwind auf meinem Arm. Kriegte eine leichte Gänsehaut. Entdeckte den Affenstempel. Kurz fragte ich mich, warum eigentlich gerade ein Affe. Ließ das Nachdenken aber schnell wieder sein. Ich versuchte, nicht an Morgen zu denken. Plötzlich erwischte ich mich selbst dabei, wie ich leise summte: »Am 30. Mai ist der Weltuntergang!«

SALZ UND LIEBESKUMMER

Aufwachen. Schwitzen. Keine Ahnung, wo ich war. Dann ein Stuhl, ein Tisch, ein Fenster. Mein Zimmer.

Bella hatte mich irgendwie zu Hause abgesetzt. Die Erinnerung kam nur langsam wieder. Vielleicht lag das auch am Ketamin. Keine Ahnung. So krass hatte ich mich doch gar nicht abgeschossen. Hörte von unten Geräusche. Troy. Schälte mich aus meiner Decke und ging nachschauen. Es war nicht Troy. Bella stand in Unterhemd und Boxershorts in der Küche und versuchte, Kaffee zu machen. Beim Gedanken an irgendwas zu essen oder zu trinken, wurde mir schlecht.

»Morgen, Chey. Wie geht's dir?«, fragte sie mich. »Wie machst du mit dieser Maschine Kaffee?« Ich nahm ihr den Wassertank aus der Hand und machte. Dann sagte ich: »Was war denn gestern noch?« »Was soll gewesen sein? Ich hab dich hier abgesetzt. Wir haben noch n Joint geraucht. Dann hast du gesagt, du bist müde und bist hochgegangen. Und ich hab es mir hier bequem gemacht. Hab auf der Couch gepennt.«

»Oh Gott. Wir haben noch gekifft? Ich fühl mich, als hätt mich n scheiß Zug gerammt.«

»Tja. Auf jeden Fall wäre der Abend gestern keine gute Instagram-Story. Wir kämen wahrscheinlich sofort in den Knast und uns würden jahrelang irgendwelche Lesben vögeln.«

»Du hast Fantasien.«

»Wenigstens hab ich noch welche.«

Dann fiel mir plötzlich ein: »Wie spät ist es überhaupt?«

Bella seufzte: »Ja. Wir müssen bald los. Es ist gleich zwei.«

»Hast du Angst?« Weiß nicht, warum ich das gefragt hab. Aber manchmal ist es ja so. Man fragt Sachen, die eigentlich klar sind. Einfach, um irgendwas zu sagen.

»Natürlich hab ich eine scheiß Angst. Ich mach mir fast in die Hosen«, sagte Bella. »Aber es ist schon besser als die letzten Tage. Keine Ahnung, warum. Vielleicht haben die Drogen auch irgendwas in mir umgestellt. Glaub ich aber nicht. So viel haben wir ja gar nicht genommen.« Sie machte eine Pause. Dann meinte sie: »Sollen wir vielleicht noch was nehmen?«

»Wenn ich jetzt was nehme, kotz ich dir vor die Füße. Ich brauch nur Wasser.«

Wir setzten uns an den verdreckten Küchentisch und redeten. Tranken Kaffee. Und Wasser. Draußen war schon wieder die Welt. Die Sonne schien schon wieder und die scheiß Vögel zwitscherten auch. Als wäre alles in Ordnung. Als würde gleich Troy nach Hause kommen und sagen: »Hey Cheyenne.« So wie er es immer machte. Und dann würde ich an seinen Augen sehen, dass er sich wirklich freute, mich zu sehen. Oder Thorben würde anrufen und fragen, ob ich heute zum Essen vorbeikommen will. Da fiel mir ein, dass Thorben ja weg war. Und plötzlich musste ich weinen. Weinte zum ersten Mal seit langem. Es steckte ganz tief unten drin. Ein kleiner See. Grundwasser. Und das kam jetzt hoch und lief mir übers Gesicht.

Bella nahm mich in den Arm: »Drogenkater. Du brauchst dringend Nahrungsergänzungsmittel.« Seltsam, so ein Wort von ihr.

Sie holte zwei Tütchen aus ihrer Tasche und löste den Inhalt in Wasser auf. Stellte ein Glas vor mich und trank das andere. Dann sagte sie: »Elotrans.« Ich guckte sie nur an. Sie verdrehte die Augen. »Kannste ruhig trinken. Gibts in jeder Apotheke. Das nimmt man bei Brechdurchfall. Damit der Körper die wichtigsten Salze und so zurückbekommt.«

Ich trank. Schmeckte ein bisschen wie Red Bull. Ich dachte erst, ich muss wieder kotzen, aber dann war doch alles okay.

Bella setzte sich wieder hin und meinte: »So. Das für deinen Körper. Und jetzt reden wir nochmal über Thorben.«

Also saßen wir da. Saßen da wie zwei ganz normale Achtzehnjährige, von denen gerade eine von ihrem Freund verlassen worden war. Und nicht wie zwei Achtzehnjährige, die gleich mit einem Killer einen Auftrag erledigen mussten. Weiß noch, dass ich dachte, Erwachsensein ist furchtbar anstrengend. Liebeskummer und Todesangst. Und als ich das dachte, musste ich lachen. Ich erzählte es Bella und sie lachte auch.

Dann sagte ich irgendwann: »Wir müssen los!«

Kann sein, dass ich das gar nicht gesagt habe, sondern Bella. Ich weiß nicht mehr. Jedenfalls gingen wir aus dem Haus.

»Wir lassen mein Auto hier stehen,« meinte Bella. »Meine Mutter denkt, ich verbring den Tag mit dir. Was ja auch irgendwie stimmt.«

Also verabschiedeten wir uns von Bellas Auto, besser gesagt vom Auto von Bellas Mutter, einem blauen alten Fiat und plötzlich musste ich an Bellas Mutter denken und fing zu weinen an. Schon wieder. Bella nahm mich in den Arm.

»Hast du keine Angst, deine Mutter nicht wiederzusehen?«, fragte ich.

»Doch. Natürlich. Und deswegen werden wir aus der Sache auch rauskommen.«

Wir gingen zum Bahnhof. Sprachen auf dem Weg nicht viel. Einmal fragte ich:

»Kannst du überhaupt schon fahren?«

Und Bella antwortete: »Ich konnte gestern fahren. Also kann ich heute auch fahren.«

Und ich dachte, da hat sie Recht.

MEIN LOS ANGELES

Die Stadt, in der ich heute lebe, ist ziemlich groß. Das fällt mir immer wieder auf, wenn ich unterwegs bin. Viel größer als scheiß Schwarzstetten. Vielleicht auch größer als Frankfurt. Ich will nicht zu viel verraten. Es ist auch nicht wichtig, welche Stadt es ist. Als ich hier ankam, traf ich in einer Bar einen Typen, der mir erstmal Speed angeboten hat. Aber ich lehnte ab. Das gehörte für mich zur Vergangenheit. Ich wollte einen klaren Cut. Und bis heute hab ich keine Drogen mehr angerührt. Keine Amphetamine, kein Gras, nicht mal Alkohol trink ich besonders häufig. Gut, ich rauch noch. Aber irgendein Laster muss der Mensch haben, hat Oma immer gesagt.

Drogen gehören für mich zu Frankfurt. Zu Schwarzstetten gehört für mich die Pizzeria von Oma. Ich bin froh, dass es nicht mein Vater ist oder Best Price Fashion. Wenn ich heute an Schwarzstetten denke, fällt mir immer die Pizzeria ein. Und Oma. Wie es dort roch, wenn ich von der Schule kam. Wie Oma mich begrüßte. Wie sie an ihrem Tisch saß mit den ganzen Blättern voll mit Zahlen und ihrer Rechenmaschine. Wie sie Solitaire spielte. Wie die Betongesichter rein- und rausliefen. Das ist eine gute Erinnerung.

Zu der Stadt, in der ich heute lebe, gehört nichts von dem. Ein weißes Blatt Papier, das ich in den letzten Jahren selbst beschrieben hab. Sag aber nicht, womit.

Zu Frankfurt gehören Drogen und Tuncer. Und Mark. Immer noch. An sie musste ich auch denken, als ich damals mit Bella und Harold auf der Autobahn war und wir von weitem die Hochhäuser sehen konnten.

Am Bahnhof hatte Oma mit Avni und Harold schon auf uns gewartet. Wir redeten nicht viel. Bella und ich stiegen schon mal ein. Sie auf der Fahrerseite. Durch die Scheibe sahen wir, wie Oma Harold noch etwas sagte. Dann kam sie zu mir und küsste mich und flüsterte mir zu: »Du schaffst das. Ich weiß es. Du bist eine Kriegerin, Cheyenne!«

Harold öffnete die Fahrertür und sagte zu Bella: »Geh nach hinten. Ich brauch dich erst auf dem Rückweg.« Dann fuhren wir los. Es war die Gangsterkarre von Luan Bimbashi. Ein schwarzer BMW irgendwas.

Ich saß auf dem Beifahrersitz und hatte zum ersten Mal Zeit, Harold in Ruhe aus dem Augenwinkel zu beobachten.

Keine Ahnung, wie alt er war. Irgendwie so mittelalt. War ja auch nicht wichtig. Ich fragte mich aber schon, wie man zu so einem Job kam. Er schien auch nicht aus Albanien zu kommen. Ich weiß nicht, warum ich das dachte. War mir aber irgendwie sicher.

»Woher sind Sie? Auch aus Albanien?«

Er antwortete nicht.

»Ich glaub nicht, dass Sie aus Albanien sind. Sie sehen aus wie ne richtige Kartoffel.«

»Willst du mich provozieren? Das wäre selten dämlich.«

»Das weiß ich auch. Ich werd halt immer nervös, wenn ich helfen soll, jemanden umzubringen. Und dann red ich wie n scheiß Wasserfall.«

Er lachte nicht. Bella auf dem Rücksitz auch nicht.

»Ich hab gestern Kim getroffen. Die hatte ziemlich schlechte Laune, weil sie heute nicht mitmachen darf.«

Zum ersten Mal regte er sich und warf mir aus dem Augenwinkel einen Blick zu. Der Blick erinnerte mich an Marsellus Wallace in *Pulp Fiction*, kurz bevor er seine Vergewaltiger killt.

»Sie hat gesagt, sie hat Scheiße gebaut und darf deswegen nicht mitfahren. Und dann hat sie so ein paar Idioten ziemlich übel verprügelt. Die hatten das aber verdient.«

»Cheyenne«, sagte er. Es war das erste Mal, dass er meinen Namen sagte, »glaub mir, du kannst froh sein, dass ich hier sitze und nicht Kim. Und dabei sollten wir es belassen.«

»Du sprichst irgendwie so geschwollen. Hast du studiert? Muss man erst auf die scheiß Uni gehen, um bei Luan Bimbashi zu arbeiten?«

Plötzlich riss Harold das Steuer rum; mitten auf der Autobahn und hielt auf dem Standstreifen. Gehupe von anderen Autos. Sobald das Auto stillstand, packte er mich mit seiner riesigen Pranke am Hals. Bella auf dem Rücksitz kreischte. Tat aber nichts.

»Wenn du nicht augenblicklich still bist, schwör ich dir, ich bring dich und deine Freundin um. Mir wird schon was einfallen, um das Ganze als Unfall zu tarnen.«

Er hatte mich so gepackt, dass ich kaum reden konnte.

Das Einzige, was ich rausbrachte, war: »Krieg!«

Es dauerte ein paar Sekunden, dann ließ er mich los.

»Ja, das würde Krieg bedeuten. Aber gerade denke ich, das wärs wert. Jetzt haltet endlich die Klappe!«, schrie er mir und Bella zu, die sich langsam wieder beruhigte.

Bis Frankfurt sagte keiner mehr was.

Die Stadt war anders als sonst. Die Straßen, die Plätze, die Häuser, sie glotzten mich an. Als würden sie irgendwas von mir erwarten. Keine Ahnung, ob das an mir lag und daran, was wir hier vorhatten. Als Kind dachte ich immer, Frankfurt ist riesengroß und tausendmal besser als scheiß Schwarzstetten. Ich denk das auch heute noch. Aber damals war das für mich alles eins: Frankfurt, New York, Tokyo, Los Angeles und welche Städte man sonst so aus dem Fernsehen kennt. Bis auf Frankfurt bin ich in keiner von denen gewesen, aber natürlich weiß ich, dass die viel größer und anders sind. Nachdem ich abgehauen war, hab ich mich ziemlich viel rumgetrieben. Also in Europa. Ich war nie in Amerika, bis nach Afrika hab ich es auch nicht geschafft. Obwohl ich mal in Marseille mit einem Marokkaner geschlafen hab, der mich unbedingt mit nach Marrakesch nehmen wollte. Wollte mir sein Land zeigen und so. Aber dafür dauerte unsere Beziehung zu kurz.

Jedenfalls weiß ich, dass es das Frankfurt, das ich mir als Kind vorgestellt hab, gar nicht gegeben hat. Aber damals war Frankfurt mein Los Angeles, und zwar das Los Angeles aus *Pulp Fiction*, das es natürlich auch nicht gegeben hat. Und während wir durch die Stadt fuhren und ich das Gefühl hatte, alles glotzt mich an und während die Sonne schien, musste ich an Butch Coolidge denken und an Fabienne und dass ihnen die Flucht gelungen war und ich dachte, wenn die das schaffen, dann schaffen Bella und ich das auch.

Ich war so in Gedanken, dass ich gar nicht aufgepasst hatte, in welchem Stadtteil wir waren. Die Straßen sahen fremd aus. Aber auch gleichförmig. Die Sonne wurde von den Fenstern eines Hochhauses am Ende der Straße reflektiert und blendete mich. Ich musste die Augen zumachen. Dann parkte Harold den Wagen.

»Da sind wir!«, sagte er. »Bella, geh jetzt auf den Fahrersitz. Wenn ich wiederkomme, fährst du sofort los.«

»Aber wohin dann?«, fragte sie.

Harold seufzte. »Erstmal weg. Ich sag dir dann schon Bescheid.«

Er stieg aus und verschwand in einem großen Haus, mit mehreren Stockwerken, das ein bisschen abgewrackt aussah. Als Bella dann neben mir saß, stellte sie das Radio an. Aber es kam nur scheiß Musik. Ich machte es wieder aus. Bella fauchte mich an: »Chey, ich brauch jetzt irgendwas. Ich muss mich ablenken, dass ich hier nicht kaputt gehe.«

Ich nahm ihre Hand und suchte auf dem Smartphone bei YouTube. Dann hatte ich es gefunden. Kymia Dawson. So saßen wir da. Hielten uns an den Händen und hörten die sanfte Stimme von Kimya und sofort bekam ich so ein warmes Gefühl und ich glaub, Bella bekam es auch. Und ich dachte noch, weiß nicht, wann ich mich das letzte Mal so gut gefühlt hab. Aber irgendein Klugscheißer hat mal gesagt, Glück gibt es nur für Augenblicke. Irgendein Klugscheißer, von dem Thomas mal erzählt hat. Kann mich nicht mehr an den Namen erinnern. Ist aber auch egal.

Keine Ahnung, wie lange wir so saßen. Es war bestimmt schon der dritte oder vierte Song von Kimya. Und ihre Songs sind lang.

Da tauchte plötzlich im Eingang von dem Haus ein Typ auf, von dem ich sofort wusste, dass er zu der ganzen Sache gehörte. War klein und muskulös. So wie diese Typen, die dir auf YouTube immer erzählen, wie geil das Workout ist, dass sie dir andrehen wollen. Und er hatte irgendwas an sich. Dass du sofort wusstest, mit dem legst du dich besser nicht an. Kurze Haare und keinen Bart. Das Auffälligste war das Hawaii-Hemd, das er trug und bis zum Bauchnabel aufgeknöpft. Dichtes Brusthaar quellte da raus. Bisschen eklig. Wobei ich eigentlich gar nichts gegen Brusthaar habe. Ein paar Jahre später hatte ich mal was mit einem lieben, ruhigen Typen, der furchtbar behaart war. Hab ihn in Madrid auf nem Parkplatz von nem stillgelegten Pornokino kennen gelernt. Aber das ist ne andere, lustige Geschichte. Damals in Frankfurt fand ich das Brusthaar und das Hemd des Typen eben ein bisschen eklig. Dazu trug er so eine hautenge ausgewaschene Jeans. Die verkauften wir auch bei Best Price Fashion.

Plötzlich fing der Typ aber an, zu gehen. In unsere Richtung. Bewegte sich irgendwie komisch. So als hätte er Schmerzen. Ich wusste, dass die Scheiben von Bimbashis Auto verdunkelt waren. Er konnte uns von draußen nicht sehen. Wenn wir also leise waren, gabs kein Problem. Er kam immer näher und jetzt konnte ich noch besser erkennen, dass er humpelte. Und ich sah noch mehr. Auf dem Hawaii-Hemd waren rote Flecken. Und bei jedem Schritt ging es ein bisschen nach oben und da war eine Pistole in seinem Gürtel. Und ein Messer. Der Typ ging an uns vorbei. Ich wartete, bis er hinter der nächsten Häuserecke verschwunden war.

Bella hatte nichts gemerkt. Sie saß da und hatte die Augen zu. Wirkte n bisschen so, als würde sie pennen.

»Bella?«

»Was is?«

Ich erklärte ihr kurz, was ich gesehen hatte.

»Und du glaubst, der Typ hat was mit uns zu tun? Vielleicht war das einfach nur irgend so ein Pimp.«

»Ich weiß nicht. Glaub, es ist besser, wir sehen mal nach.«

»Spinnst du? Ich steig nicht aus dem Auto. Erst wenn Harold zurück ist.«

»Dann geh ich eben allein.«

Ich hab das damals gesagt, ohne groß drüber nachzudenken. Aber sofort merkte ich, wie ich wieder eine scheiß Angst bekam. Trotzdem machte ich die Tür auf. Bella hielt mich am Arm fest.

»Chey, bleib hier!«

»Hör mal, Bella. Irgendwas stimmt hier nicht. Bleib du hier. Das ist sowieso besser. Wenn wir schnell wegmüssen, gibst du Gas. Du bist unsere Fluchtfahrerin. Machst das super! Wie Samy Naceri in *Taxi*.«

»Wie wer?«

Manchmal erschreck ich mich, wie ungebildet manche Leute sind. Einen Luc-Besson-Film sollte man ja wohl kennen, auch wenn Besson nur das Drehbuch geschrieben hat.

»Oder wie in *The Fast and the Furious*,« hab ich dann gesagt.

Ich merkte, wie sie überlegte.

»Okay, dann geh!«, sagte sie endlich. »Aber beeil dich und pass auf.«

QUENTIN, WENN DU WÜSSTEST …

Als ich dann im Hausflur stand, dachte ich wirklich, ich bin im Film. Alles war Halbdunkel. Durch ein vergittertes Fenster ganz oben fiel ein bisschen Licht. Das schien auf den Boden am Anfang der Treppe und war, na ja, eben ein Gitter. Aus Licht. Sah aus wie im Knast. Hinten gab es einen Fahrstuhl. Aber irgendwelche Lampen blinkten daran und man sah ein Schild: »Außer Betrieb«. Was soll ich sagen? Ich dachte wirklich, in irgendeiner Ecke sitzt John Huston und ruft gleich: »Action!«

Andererseits war das auch gut. Lenkte mich davon ab, was ich hier eigentlich wollte. Und das Ganze war vertraut. Vielleicht weil ich zu viele von diesen Filmen von Huston oder Fritz Lang mit Peter Lorre gesehen hatte. Jedenfalls merkte ich, wie ich ruhiger wurde. Ich ging ein paar Schritte zur Treppe. Aber dann passierte wieder was. Mir wurd schwindlig. *Mein Vater, Troy, Lost Highway.* Alles drehte sich und ich musste mich konzentrieren, nicht zu kotzen. Ich hatte das damals manchmal bei Treppen. Kam wohl von dem ganzen Scheiß in meinem Leben, den ich nicht aufgearbeitet hatte, dachte ich. Heute ist es okay. Weiß aber nicht, wie viele Stunden Therapie ich gebraucht hab.

Ein paar Augenblicke saß ich da auf der ersten Stufe der Treppe und versuchte, klarzukommen. Dann fiel mir was auf. Auf dem Boden. Da waren Flecken. Man sah es bei dem Licht nicht so gut, aber ich wusste trotzdem sofort, dass das die gleichen Flecken wie auf dem Hawaii-Hemd von dem Typen waren. Ich stand auf und als ich die Treppe hochsah, merkte ich, da waren noch mehr. Ich folgte langsam der Spur.

Auf dem Weg nach oben kam mir niemand entgegen. Es waren drei Stockwerke. Dann bogen die Flecken in den Wohnungsflur ab. Jetzt hörte ich etwas. Stimmen. Aber es klang, als würde irgendwo der Fernseher sehr laut laufen. Konnte nichts verstehen. Nur so ein Gemurmel. Dann Musik. War also wirklich ein Fernseher. Die Flecken gingen bis zu einer der hinteren Wohnungstüren. Die war halb angelehnt. Der Fernseher wurde lauter. Natürlich brauchte ich einen Augenblick. Mit halb angelehnten Türen hatte ich schlechte Erfahrungen.

Ich rief Harolds Namen und hörte als Antwort ein Stöhnen. Atmete ein paar Mal tief ein und aus. Dann ging ich in die Wohnung. Das Erste, was mir auffiel, war nicht Harold, der voll mit Blut in einem Sessel saß, sondern der Film, der gerade lief. *Scarface.* Hab ich sofort erkannt. Aber natürlich der neue von Brian de Palma, nicht der alte von Howard Hawks. Wobei der alte schon teilweise besser ist. Aber egal. Alle Möchtegerngangster kennen nur noch diesen verkoksten Achtzigerfilm und denken, sie wären Tony fuckin Montana. Tuncer bestimmt auch. Ach Tuncer! Dann musste ich denken: Quentin, wenn du wüsstest, was ich hier gerade erleb.

»Cheyenne!« Als er das sagte, fiel mir wieder ein, warum ich hier war. Harold saß dort und sah nicht gut aus. Er hatte seine Waffe in der Hand. Neben dem Sessel stand ... der Koffer!

»Ich hab diesen Typen wohl unterschätzt«, sagte er.

»Sieht so aus«, meinte ich, weil ich nicht wusste, was ich sonst sagen sollte.

Er atmete schwer.

»Okay. Ich sag dir, wie wir das hier machen!«

Ich wartete. Dauerte lange, bis er wieder was sagte.

»Als erstes, mach mal den Fernseher aus.« Es wäre natürlich Blödsinn gewesen, zu sagen, Harold, du zerstörst hier gerade ein

Wahnsinnsset. Darum suchte ich einfach die Fernbedienung, fand sie aber nicht und zog den Stecker, ausgerechnet in der Szene, als Tony Montana mit der Zigarre in seiner riesigen Badewanne saß. Großartig!

»Ich denke, ich kann gehen. Du musst mich aber ein bisschen stützen.« Dachte, ich hör nicht richtig.

»Wie soll ich das denn machen? Du wiegst ungefähr dreimal so viel wie ich. Is nicht persönlich gemeint«, schob ich hinterher.

Er grinste. War aber eher so ne Mischung aus Grinsen und Schmerzen haben.

»Wir schaffen das! Du kniest dich hier vor den Sessel. Ich muss mich auf dir abstützen beim Aufstehen. Das sind ungefähr Hundertdreißig Kilo. Ich weiß, Cheyenne, das ist viel verlangt. Es ist aber höchstens eine Sekunde. Nur bis ich stehe. Wenn ich stehe, musst du auch aufstehen und unter meine rechte Achsel gehen. Du hakst mich ein bisschen unter. Dann gehen wir hier raus. Hast du alles verstanden?«

»Verstanden schon. Aber ganz ehrlich. Keine Ahnung, ob das klappt. Besser, ich hol Bella zu Hilfe.«

»Nein. Wir verlieren nur Zeit. Außerdem muss Bella im Auto bleiben und sofort losfahren, wenn wir da sind. Wenn wir im Flur oder auf dem Weg Leute treffen, tu ich so, als wäre ich besoffen, okay? Und du bist meine Tochter, die mir hilft, nicht umzukippen. Tu so, als wäre das für dich normal, sonst kommen die noch darauf, die Polizei oder den Krankenwagen zu rufen.«

»Wäre ein Krankenwagen nicht ne gute Idee?«

»Nein! Keine Sanis. Sobald wir im Auto sind, sag ich euch die Adresse, wohin wir fahren.«

Ich überlegte. Mir fiel aber auch nichts Besseres ein. Auch die Filme halfen mir nicht. Keiner wusste, was passieren würde. Ob Harold noch lebte, wenn wir unten waren. Ob wir nicht einfach die scheiß Treppe runterfallen würden und ich dabei auch sterben würde. Aber komischerweise kam die Angst nicht zurück. Ich funktionierte einfach.

»Okay. Dann los.«

Er grinste wieder.

»Gutes Mädchen!«

Ich kniete mich so hin, wie er es gesagt hatte.

Harold steckte die Waffe weg, knöpfte sich das Jackett zu und nahm den Koffer in die Linke. Dann spürte ich seine riesige Pranke auf meinem Nacken. Als Nächstes dachte ich wirklich, ich sterbe. Hier und jetzt. Mein Genick bricht oder meine Rippen oder alles zusammen. Sein Gewicht war unglaublich. Aber er hatte recht. Es dauerte höchstens eine Sekunde. Schneller als sich ein Knochen überlegen kann zu brechen. Ich stand auf und ging an seine rechte Seite. Er war so groß, dass mein Kopf gerade unter seine Achsel passte. Sein Körper fühlte sich massig und kalt an. Kalt war wohl kein gutes Zeichen. Aber es funktionierte. Wir gingen vorwärts. Schritt für Schritt. Langsam. Unendlich langsam.

»Warum haben wir keine Schüsse gehört?«, fragte ich, um irgendwas zu sagen.

»Weil keine gefallen sind. Er hatte ein Messer und ich war nicht schnell genug. Hab mich aber revanchiert. Am Ende ist er mir entkommen. Luan wird nicht glücklich sein. Aber egal. Das Wichtigste ist, er kriegt den Koffer zurück.«

Dann standen wir am Anfang der Treppe. Es wäre so einfach gewesen, wenn der scheiß Fahrstuhl funktioniert hätte.

»Ok. Wir machen das langsam, Stockwerk für Stockwerk. Das wird schon«, sagte Harold, nachdem er sich eine Weile am Geländer ausgeruht hatte.

Ich sags euch: Es war die Hölle. Sein Gewicht auf meiner Schulter und die ganze Zeit Angst, dass wir zusammen runterfallen und er mich unter sich begräbt und ich ersticke oder so. Er hielt sich immer wieder die linke Seite. Der Typ musste ihn wohl da erwischt haben.

Nach dem ersten Stockwerk dachte ich schon, ich pack das nicht. Knick gleich ein und falle. Geb einfach auf! Aber irgendwie muss Harold gemerkt haben, wie es mir geht. Jedenfalls sagte er: »Erzähl mir was!«

»Was soll ich denn erzählen?«

»Egal. Irgendwas. Was dich interessiert.«

Also fing ich an. Ich erzählte ihm von Quentin und auch von Martin Scorsese. Von der Bedeutung von Fast Food in *Pulp Fiction*. Warum ein richtiger Martin-and-Lewis-Milchshake genauso wichtig ist, wie die Frage nach dem Sinn des Lebens. Warum Vincent Vegas Charakter und sein Tod eigentlich konsequenter waren als Jules Winnfield. Wie Quentin von Godard beeinflusst war.

Und ich erzählte von Martin Scorseses *Taxi Driver*, der vielleicht einer der besten Filme aller Zeiten war. Zumindest für mich. Warum der Film danach, *New York, New York*, auch gut war, aber beim Publikum durchfiel. Warum *Departed* eigentlich eher schwach war. Und warum Ray Liotta in *Good Fellas* so genial spielte. Ich redete und redete und plötzlich merkte ich, dass wir unten waren.

Wir gingen durch das Lichtgitter, bis zum Eingang. Dann waren wir draußen. Die Sonne blendete mich. Es war heiß. Und Harolds Körper drückte weiter schwer auf mich. Weit und breit war keiner. Wir schafften es tatsächlich bis zum Auto. Türen auf und Harold ließ sich auf den Rücksitz fallen. Als es vorbei war, fühlte ich mich fantastisch. Es war wie nach einem langen Arbeitstag bei Best Price Fashion, wenn man diese bekackten hochhackigen Schuhe auszog. Nur noch tausendmal besser. Ich kletterte auf den Beifahrersitz. Bella starrte uns an.

»Was ist passiert?«

Aber eine Zeit lang sagte keiner von uns was. Vielleicht weil Harold und ich es beide nicht fassen konnten, dass wir es wirklich geschafft hatten.

Dann nannte er Bella eine Adresse.

»Fahr da hin. Cheyenne erklärt dir alles unterwegs.«

TRÄUME

Es war eine Lagerhalle. Keine Ahnung, wo genau. Hätte wirklich in Los Angeles sein können, so wenig kannte ich mich in der Gegend aus. Drumherum waren Häuser, die auch aussahen wie Lagerhallen oder Fabriken. Aber stillgelegt. Nur genau gegenüber gab es sowas wie eine Bar. Später merkte ich, man konnte vom ersten Stock in der Lagerhalle auf so einen Balkon gegenüber schauen, wo Leute saßen, und es gab Essen und Drinks und so. Das Gute war, hinten in der Halle war ein Bad. Also kein richtiges Badezimmer, aber es gab Klos und Waschbecken und das war fantastisch, denn ich musste mal dringend. Die Lagerhalle war sonst leer. Nur in der einen Ecke gab es so ein paar große Kisten auf Paletten, mit Folie abgedeckt. Neben dem Bad entdeckten wir eine Pritsche, ein Feldbett, wie sie beim Militär gebraucht werden. Wenigstens stellte ich mir das so vor. Darauf legten wir Harold. Der Weg vom Auto bis hierher war leichter. Harold war zwar noch immer scheiß schwer, aber Bella konnte jetzt mithelfen und das war viel einfacher. Als er auf der Pritsche lag, verschwand ich erstmal im Bad. Dann ließ ich mir Wasser übers Gesicht laufen. Und trank. Trank und konnte gar nicht mehr aufhören, dieses Wasser aus dem Hahn zu trinken. Ich hatte furchtbaren Durst. War mir vorher gar nicht so aufgefallen.

Am Waschbecken stand ein Plastikbecher. Ich machte ihn sauber und füllte Wasser rein. Dann ging ich zu Harold und ließ ihn auch trinken. Es ging ihm wirklich schlecht. Sein Hemd war voll mit Blut und es war auf dem Weg noch mehr geworden. War nicht mehr weiß, sondern fast komplett rot. Weiß war sein Gesicht. Ich knöpfte ihm sein Hemd auf. Keine Ahnung, wieso. Und da sah ich, wie übel der Typ ihn erwischt hatte. Harold sagte:

»Im Bad unter dem Waschbecken.« Er flüsterte nur. Ich ging wieder ins Bad. Unter dem Waschbecken war ein kleiner Schrank und da drin war ein Erste-Hilfe-Kasten. Als ich den angeschleppt hatte, meinte Bella: »Und jetzt? Ich kann das nicht. Hab keine Ahnung, wie man einen Verband macht.«

Ich hatte das auch nicht, aber ich dachte, irgendwas muss man doch tun. Ich nahm so ein paar Kompressen, auf denen stand »steril«. Das klang gut. Es gab auch ein Desinfektionsspray. Wahrscheinlich hatte ich das in irgendwelchen Filmen mal gesehen, also machte ich das, was ich kannte. Ich sprühte die Wunde voll. Harold stöhnte leise. Brannte bestimmt. Dann klatschte ich ein paar von diesen sterilen Kompressen auf die Wunde. Aber man brauchte schon einige. Und klebte alles mit Pflastern fest. Schien zu halten.

»So«, sagte ich, als hätt ich gerade ne Operation beendet.

»Also, was machen wir eigentlich hier?«

»Gib mir mein Handy«, sagte Harold. Als er es hatte, suchte er was. Dauerte eine Weile. Dann meinte er: »Ruf diese Nummer an. Sag nichts. Nur ›Code 143‹. Verstanden?«

»Ja.«

»Was sollst du sagen?«

»Nichts. Nur ›Code 143‹.«

»Dann los.«

Nach dreimal klingeln, nahm jemand ab. Eine Frau. »Firma Walter und Söhne. Reparaturen aller Art. Sie sprechen mit Helena.« Natürlich dachte ich erst, Harold hätt sich vertan, ich sagte aber trotzdem: »Code 143.«

Dann war Stille. Ich wollte schon auflegen oder sagen, das Ganze war ein Versehen, da hörte ich wieder ihre Stimme: »Es wird leider eine Weile dauern. Aber es kommt jemand.« Dann legte sie auf.

Ich brachte Harold das Handy zurück und wiederholte, was die Frau gesagt hatte.

Harold nickte. »Gut, wir können inzwischen was essen.«

Da merkte ich erst, dass ich den ganzen Tag noch nichts gegessen hatte, außer scheiß Elotrans. Wenn das zählt. Bei dem Gedanken wurde mir schlecht.

»Und wo soll es hier bitte schön was zu essen geben?«, fragte Bella.

»Ihr holt uns was. Zurück auf der Hauptstraße, die wir entlanggefahren sind, gibt es ein paar Geschäfte. In meiner Innentasche ist Geld.«

»Ich mach das«, sagte Bella. »Wenigstens kann ich mich dann auch irgendwie nützlich machen.«

Als sie weg war, setzte ich mich auf den Boden neben die Pritsche. Zuerst versuchte ich, alle möglichen Variationen von Solitaire im Kopf durchzugehen. Das beruhigte mich meistens. Aber ich konnte mich nicht konzentrieren. Also spielte ich ein altes Spiel. Manchmal, wenn ich früher allein war und nirgends ein Geräusch, hab ich versucht, so ein Rauschen zu hören, das immer da war. Ich dachte jedes Mal, das ist das Nichts, was ich da hör. Denn ein Geräusch war es nicht und auch sonst nichts, was ich kannte. Als ich Troy mal davon erzählte, meinte er nur: »Das ist das Rauschen von deinem eigenen Blut, Dumpfbacke!« Kann sein, dass er Recht hatte. Aber Troy ist halt ein Trottel und ich mochte den Gedanken, dass ich das Nichts hören konnte.

»Es war sehr interessant«, sagte Harold plötzlich und machte damit mein Spiel kaputt.

»Was war interessant?«

»Was du über Filme gesagt hast. Du solltest irgendetwas damit machen.«

»Wie meinst du das?«

»Ich meine, du kennst dich wahnsinnig gut aus. Wäre doch schade, wenn du damit nichts anfangen würdest. Du solltest dich auf Filmhochschulen bewerben oder Geld sammeln und selbst einen Film drehen oder Drehbücher schreiben.«

»Ich weiß nicht, ob ich das kann.«

»Wenn du es nicht ausprobierst, weißt du es nicht. Es ist wichtig, einen Traum im Leben zu haben.«

»Was war dein Traum?« Ich hatte nicht lange über die Frage nachgedacht. War mir einfach so rausgerutscht.

»Ich wäre gerne Wrestler geworden; einer von diesen Typen, die diese Showkämpfe machen.«

Ich erinnerte mich, dass Troy manchmal diesen Kram spätabends geguckt hatte.

»Wo vorher klar ist, wer gewinnt?«

»Ja, aber darum geht es nicht. Es geht um die Show. Es ist eine Mischung aus Theater und Soap Opera. Und Sport nicht zu vergessen. Das, was diese Leute im Ring machen, ist unglaublich. Aber in Europa kannst du das vergessen. Du musst in die USA gehen, wenn du Karriere machen willst. Dort ist das genauso groß wie Baseball oder Basketball.«

Und dann erzählte er. Erzählte von der Wrestlingszene der Achtziger und Neunziger. Wer da was war. Und wie sich die Szene bis heute verändert hat. Wo die besten Schulen waren. Wen man kennen musste, um überhaupt Karriere zu machen. Er redete ziemlich lange und es dauerte, weil er immer wieder Pausen machte. Strengte ihn wohl ziemlich an. Ich hatte aber irgendwie das Gefühl, dass ihn das ablenkte.

Harolds Vater war Wrestler. Er kam aus dem Iran. Ist in sehr armen Verhältnissen aufgewachsen. Als Kind hatten sie kaum zu Essen und kein fließendes Wasser in der Wohnung. Aber er war ein scheiß guter Sportler und wurde ein fantastischer Ringer.

War sogar für den Iran bei den Olympischen Spielen in Mexiko City dabei. Dann ging er in die USA. Dort kam er zum Wrestling. Jeder Wrestler bekommt ein Image; sie nennen es Gimmick. Entweder bist du ein Guter oder ein Böser. Die Guten halten sich an die Regeln und sind beliebt beim Publikum. Die Bösen tun alles dafür, dass das Publikum sie hasst. Also versuchen sie mit unfairen Mitteln zu gewinnen, beleidigen die Leute und so weiter. Bei Harolds Vater war schnell klar, dass er ein Böser werden würde. Und weil er aus dem Iran war, verpassten sie ihm ein entsprechendes Gimmick. Er trat als *The Supreme Sultan* an. Diese rassistischen Bastarde. Im Iran gab es dann eine Revolution und irgendwelche Leute machten aus dem Land einen islamischen Staat. Danach bekam *The Supreme Sultan* noch mehr Aufmerksamkeit. Er wurde im Laufe der Achtziger zum Superbösewicht aufgebaut und trat gegen die Größten im Business an. Sein Markenzeichen waren ein kahlrasierter Schädel und ein gewaltiger Schnurrbart. Er konnte sogar einmal den Schwergewichtsweltmeistertitel bekommen. Soweit Harold wusste, hat er auch in ein paar schlechten Filmen mitgespielt.

Ich fragte ihn: »Also kommst du aus den USA und bist gar keine Kartoffel?«

Er grinste. Schien ihm aber schwer zu fallen.

»Ich bin in den USA geboren. Meine Mutter ist dann nach Deutschland gegangen. Sie war nicht mit meinem Vater verheiratet gewesen. Nur eine seine Affären. Ich hab ihn später einmal gesehen. Wir haben uns Briefe geschrieben. Und irgendwann hat er mich eingeladen, ihn zu besuchen. Er hat Geld geschickt. Meine Mutter ist nie wieder zurückgegangen. Sie hat einen Deutschen geheiratet. Das war der Grund, warum sie hergezogen ist. Aber mein Stiefvater war ein Arschloch. Er hat sie und mich wie den letzten Dreck behandelt. Bis ich größer als er war. Dann hat er sich nicht mehr getraut. Der Feigling. Na ja, später hab ich dann mit ihm abgerechnet. Immerhin.«

»Und warum bist du nicht zu deinem Vater gegangen, als du alt genug warst? Er hätte dir doch bestimmt helfen können, Wrestler zu werden.«

Er grinste wieder.

»Manchmal läuft es im Leben eben anders, als man es sich wünscht. Ich bin halt das geworden, was ich bin. Und ab einem bestimmten Punkt gibt es kein Zurück mehr. Also Cheyenne, darum sag ich dir, erfüll dir deine Träume, bevor es zu spät ist.«

Dann sagte er nichts mehr. Und ich musste das Ganze erstmal verdauen. Bis Bella mit dem Essen kam. Was brachte sie mit? Gottverdammtes Fastfood. War bei Burger King gewesen. »Das war das Erste, an dem ich vorbeigekommen bin und ich dachte, warum nicht?« Also saßen wir da und stopften Burger, Pommes und Cola in uns rein. Das heißt, Bella und ich saßen, Harold lag ja. Und brauchte auch ein bisschen Hilfe beim Essen. Danach schlief er ein. Oder er döste. Jedenfalls hatte er die Augen zu.

»Was glaubst du, wie lange es dauert, bis Hilfe kommt?«, fragte mich Bella.

»Woher soll ich das wissen? Ich hoffe, nicht so lange.«

Aber es dauerte. Ich ging ein bisschen in der Halle auf und ab. Gab nicht besonders viel zu sehen. Über dem Bad führte eine Treppe hoch und man kam auf so eine Empore. Ich stellte mir vor, dass hier früher der Schreibtisch vom Boss gestanden hatte, weil man die ganze Halle überblicken konnte. Und es gab ein großes Fenster, mit Blick auf die Bar gegenüber. Es dämmerte schon und sie hatten die Leuchtreklame angestellt. »Tiki Bar« stand über dem Eingang. Ein paar Girlanden hingen dort. Das brachte meine Gedanken natürlich wieder zu dem Hawaii-Hemden-Träger zurück und ich merkte, wie ein leichter Anflug von Panik in mir hochkam. Aber ich konnte ihn unten halten. Die Leute auf der Terrasse gegenüber, die zur Bar gehörte, schlürften ihre scheiß Cocktails und machten sich einen schönen Abend.

Ich musste an Troy denken und an Astrid. Stellte mir vor, wie Troy gerade bekifft auf dem Sofa von irgendeinem seiner dämlichen Kumpels abhing. Und nichts mehr mitkriegte. Astrid saß wahrscheinlich jetzt mit ihrer Familie vorm Fernseher. Alle hatten schon ihre Schlafanzüge an. Die Kinder schon Zähne geputzt und bettfertig. Morgen war ja Schule. Ein geregeltes Leben. Im Gegensatz zu meinem. Das Ganze machte mich furchtbar traurig. Dann fiel mir ein, dass Astrid gar keine Kinder hatte. Ich wusste noch nicht mal, ob sie verheiratet war. Eigentlich wusste ich kaum was von ihrem Leben.

Ich merkte, dass jemand vor dem Eingang der Bar stand. Jemand, den ich kannte. Ich überlegte kurz, was ich tun sollte. Dann stieg ich die Treppe wieder runter, vorbei an Bella und Harold. Sie fragte: »Was machst du?«

»Ich bin gleich wieder da.«

Eine halbe Minute später stand ich vor ihr. Kim.

»Was machst du hier? Harold ist schwer verletzt. Hilfe ist unterwegs. Kannst du nicht mit reinkommen und helfen?«

Sie grinste ihr Kim-Grinsen.

»Um was genau zu tun? Du hast doch selbst gesagt, Hilfe ist unterwegs. Ich bin keine Ärztin. Außerdem bin ich gar nicht hier. Werd den Teufel tun und mich einmischen. Luan würde ausrasten, wenn nicht alles so läuft, wie er es befohlen hat.«

Ich wusste nicht, was ich dazu sagen sollte.

»Fuck! Also warum bist du dann überhaupt hier?«

»Wegen dir. Ich habe doch gesagt, ich behalt euch die ganze Zeit im Auge. Kann halt nur nicht eingreifen. Ist der Koffer bei euch?«

»Ja.«

»Dann ist doch alles gut. Harold hat schon ganz andere Dinger überlebt. Es wird bald jemand kommen. Und jetzt geh wieder rein, Schwester.«

Aber ich blieb da stehen.

»Los, mach schon«, sagte sie in einem Ton, dass ich mich umdrehte und zurückging.

DIE LEBENSVERSICHERUNG

Kim hatte recht. Irgendwann kam jemand. Aber es war schon dunkel. Ich weiß nicht, wie spät genau, doch plötzlich ging die Tür der Halle auf und ein Mann kam rein. Und da fragte ich mich schon, warum wir die Tür eigentlich nicht abgeschlossen hatten oder so was.

Keine Ahnung, wen ich erwartet hab. Nicht gerade Harvey Keitel als Wolfe, den Problemlöser aus *Pulp Fiction*, aber diesen Typen da jedenfalls auch nicht. Er hatte einen blonden Pottschnitt, ganz gerade, und eine runde Brille mit goldenem Rand. Dazu trug er eine Jeansjacke und eine Jeanshose. Aber sicher nicht von Best Price Fashion. War irgendso eine poshe Marke. In der Rechten hielt er einen kleinen Koffer. Damals fand ich ihn einfach nur seltsam, später hab ich noch jede Menge dieser Leute gesehen. Sie konnten immer irgendwelche Computersprachen, ernährten sich vegan und tranken Frappuccino mit Hafermilch. Er wirkte nicht gerade bedrohlich, aber leider auch nicht wie jemand, der wirklich helfen konnte.

Jedenfalls beachtete der Typ weder mich noch Bella, sondern ging direkt zur Pritsche, auf der Harold lag, maß ihm den Puls und sah sich den Verband an. Er machte die ganzen sterilen Kompressen ab, zerstörte alles, was ich gemacht hatte, und sah sich die Wunde an.

Dann schüttelte er den Kopf.

»Das sieht wirklich übel aus. Wer von euch hat diesen Verband angelegt?«

»Das war ich.«

Er schüttelte wieder den Kopf.

»Hol mir Wasser aus dem Bad. Und du«, er nickte zu Bella rüber, »geh an die Tür und pass auf, dass keiner reinkommt.«

In der nächsten halben Stunde sah ich zu, wie er Harold eine Spritze verpasste, dann die Wunde säuberte und anfing, sie zu nähen. Die Sachen, die er dafür brauchte, zauberte er alle aus seinem kleinen Koffer. Harold wirkte die ganze Zeit wie weggetreten. Hatte die Augen geschlossen und sagte nichts.

Ich guckte mir genau an, was er da tat. Weil ich dachte, ich könnte das später nochmal gebrauchen. Und natürlich war das so. Ein paar Jahre später bin ich mal in eine Kneipenschlägerei geraten. Das heißt, ich hab mich nicht geprügelt. Nur die Anderen. Aber am Ende hatte jemand eine Schnittwunde, von einem Messer oder einer kaputten Flasche oder sowas. Da erinnerte ich mich wieder an damals, ging mit dem Typen aufs Klo und verband ihn, bis die Sanis kamen.

Als Harold fertig verbunden war, stand der Pottschnittträger auf und fragte: »Wer von euch ist Cheyenne?«

Ich meldete mich.

»Ich habe eine Nachricht von deiner Großmutter.« Er sah in seinem Smartphone nach. »Cheyenne, haltet durch. Was auch immer passiert. Ich bin stolz auf euch.«

Zuerst sagte keiner was. Dann fragte ich: »Arbeiten Sie jetzt für meine Oma oder für Bimbashi?«

»Ich bin Freelancer. Ich arbeite für mich.« Dann sagte er: »So, also es sieht nicht so gut für ihn aus.« Er deutete mit dem Kopf in Harolds Richtung. »Am besten ist es, ihr bleibt erstmal hier.«

»Ich dachte, wir können jetzt nach Hause«, sagte Bella und sie sagte das so, als sei sie schon wieder mit den Nerven am Ende.

Mr. Pottschnitt meinte: »Nein. Das wäre keine gute Idee. Hier ist es sicher. Ihr wartet hier, bis man euch abholt oder ihr eine Nachricht bekommt, was ihr tun sollt. Wo ist der Koffer?«

Ich weiß nicht warum, irgendwie traute ich dem Typen nicht. Oder es lag schon wieder daran, dass ich zu viele von diesen Filmen gesehen hatte, in denen das Vertrauen von Leuten ausgenutzt wird. Jedenfalls sagte ich: »Den geben wir Ihnen nicht.«

»Wie bitte?« Er sah gar nicht sauer aus oder gefährlich oder sonstwie. Er schien sich einfach zu wundern.

»Dieser Koffer ist unsere Lebensversicherung. Wir geben ihn nur Bimbashi persönlich.«

Pottschnitt hätte ihn sich einfach nehmen können. Er stand hinter der Pritsche. Gut, er konnte ihn nicht sehen, aber uns zwingen, ihm alles zu sagen, wäre wahrscheinlich nicht so schwer gewesen. Doch er sagte nur:

»Wie ihr meint. Dann passt mal gut auf ihn auf.« Und weg war er. Ging einfach so aus der Tür raus. Eine Zeit lang standen Bella und ich herum und starrten uns an. Dann ging sie zur Pritsche und nahm den Koffer.

»Was machst du?«

»Wenn der wirklich unsere Lebensversicherung ist, und ich glaube, du hast Recht, dann brauchen wir einen Plan und ein gutes Versteck für ihn.«

CAPTAIN UND MORGAN

Also, ich möchte hier mal etwas über Gewalt erzählen. Ist doch komisch, dass immer alle Leute Gewalt schrecklich finden und trotzdem viele Filme ohne Gewalt nicht auskommen und wahnsinnig erfolgreich damit sind. Ich hab ja nicht studiert oder so was, aber mir trotzdem ein paar Gedanken dazu gemacht.

In Filmen gibt es mindestens zwei Sorten von Gewalt. Ich nenn das mal gute und böse Gewalt. Ein bisschen wie beim Wrestling. Die böse Gewalt ist die von Leuten, die unschuldige Menschen foltern und töten oder wenigstens zusammenschlagen. Die gute Gewalt ist die von Leuten, die sich für etwas rächen wollen; dass jemand ihre Frau umgebracht hat oder ihre Kinder oder Freunde. Und das ist natürlich sympathisch. Die meisten Western funktionieren so. Und auch viele von Tarantinos Filmen.

Komplizierter ist es natürlich, wenn die Bösen sympathisch werden. Bei *Good Fellas* von Scorsese lernt man die Mafiosi so kennen, dass man irgendwie denkt, man ist mit ihnen befreundet, obwohl sie blutige, mordende Bastarde sind. Und wenn einer von ihnen umgebracht wird oder am Ende fast alle im Knast landen, ist man trotzdem ziemlich erleichtert, was eigentlich komisch ist.

Bei *Taxi Driver* lernt man Travis Bickle auch kennen, aber wirklich sympathisch ist er nicht. Und dass dieser Typ, der eine vierzehnjährige Prostituierte retten will, weil er denkt, er ist scheiß Jesus mit Knarre und sie die Jungfrau Maria, und am Ende mehrere Menschen umbringt, von der Presse als Held gefeiert wird, ist schon witzig. Meine Lieblingsszene ist ja, als er Betsy zu einem

Date abholt und mit ihr in ein Pornokino geht. Ich lach mich jedes Mal fast tot.

Also, was wollte ich eigentlich sagen? Genau, warum sind Filme, in denen Gewalt vorkommt, so beliebt? Wahrscheinlich, weil alle das Gefühl kennen, aber es nicht selbst erleben müssen. Und Gewalt ist unterhaltsam. Das darf man nicht vergessen. Man kann viel über Gewalt sagen, aber langweilig ist sie nicht.

Ich kannte mal jemanden namens Peter, der war Horrorfan. Hat mehr B-Movies geschaut als Tarantino. Ich hab mir irgendeinen Splatterfilm mit ihm zusammen angeguckt. Erinnere mich nicht, welchen. Bei einer Szene, in der eine Frau von einer Kettensäge bei lebendigem Leib zerteilt wird, hat er sich kaputtgelacht. Ich hab ihn dann hinterher gefragt, was denn daran so witzig gewesen sein soll. Er meinte: »Das war doch vollkommen unrealistisch, wie das Blut spritzte und die Körperteile durch die Gegend flogen. Total übertrieben.« Peter fand es also lustig.

Und wenn man sich Tarantinos Filme genauer anschaut, gibt es ja genug Szenen, wo die Gewalt auch völlig übertrieben wird. Hat er wohl von den Horror-B-Movies abgeschaut.

Aber das ist eben auch ein Unterschied zwischen Filmen und Realität. Dort ist Gewalt lustig, in der Wirklichkeit nicht. Eigentlich nie. Vielleicht ist Gewalt auch nur lustig, wenn sie im Kopf abläuft.

Tatsache ist wohl, Gewalt hat es immer gegeben und wird es auch weiter geben, solange Lebewesen auf der Erde sind. Genauso wie Sex oder Essen und Trinken oder Schlafen. Lässt sich nicht leugnen. Nur dass Gewalt die meisten Menschen nicht in ihrem Alltag haben wollen. Höchstens im Film oder vielleicht auch im Buch.

Und das ist der Grund, warum ich das hier schreibe. Ich wollte alle vorwarnen, die das hier lesen. Es wird noch viel gewalttätiger als bisher. Und wenn Sie denken, das ist jetzt aber übertrieben, dann denken Sie an Peter und lachen vielleicht. Oder Sie legen das Buch zur Seite. Ist ja Ihre Entscheidung.

Jedenfalls zurück zur Szene in der Lagerhalle. Harold hatte immer noch die Augen geschlossen und wir saßen inzwischen herum und wussten nichts mit uns anzufangen. Da passierten mehrere Sachen. Und das war schon komisch, dass einfach stundenlang nichts passiert und dann gleich so viele Dinge, die alles verändern.

Zuerst hatte ich einen Traum. Ich träumte von Mama. War eingeschlafen, weil es einfach ein scheiß anstrengender Tag gewesen war. Und nicht zu vergessen, war ich gestern feiern gewesen. Mit Alkohol, Ketamin und allem Drum und Dran. Jedenfalls war ich kurz eingeschlafen, während wir warteten.

Ich ging eine Straße entlang. Es musste irgendwo in Schwarzstetten sein, denn sie kam mir bekannt vor. Aber dann fiel mir auf, dass da ein weißer Zaun war, ein weißer Zaun mit roten Blumen davor und dahinter ein blauer Himmel. Genau wie in der Anfangsszene von *Blue Velvet*. Und da dachte ich, vielleicht bin ich doch nicht in Schwarzstetten, sondern ich denk das nur, weil mir der Zaun aus dem Film so bekannt vorkommt. Plötzlich warst du da, Mama. Und was komisch war, du hast fast genauso ausgesehen, wie auf den Bildern, die ich früher immer von dir gemalt hab. Warst blond mit blauen Augen und hattest sogar so einen teuren Mantel an. Aber ein Preisschild hab ich nirgends entdeckt. Trotzdem wusste ich natürlich sofort, dass du das bist. Aber ich bin nicht auf dich zugerannt, sondern stand ganz still. Und du standest auch ganz still und hast gelächelt.

»Komm, wir gehen ein Stück«, hast du dann gesagt. Und dann bin ich mit dir gegangen, Mama. Wir sind einfach die Straße runter und der weiße Zaun und die Blumen und der Himmel wollten kein Ende nehmen.

»Erzähl mir was«, hast du gesagt. Also erzählte ich, was mir gerade durch den Kopf ging. Ich erzählte von Troy, von Astrid und Oma. Hab dir alles erzählt, Mama. Von meinem Leben und dass es beschissen war. Und am Ende hab ich erzählt, in was für einer Situation ich gerade war. Und dass ich keine Ahnung hatte, ob ich hier lebendig rauskommen würde.

Dann fiel mir plötzlich etwas ein.

»Sag mal, weißt du, warum mir bei Treppen manchmal schwindlig wird und was das Ganze mit *Lost Highway* zu tun hat?«

Da hast du wieder gelächelt und gemeint: »Das weißt du doch selbst.«

»Ja, wegen Papa. Weil er damals die Treppe runtergefallen ist. Aber was hat das mit Lynch zu tun?«

»Wenn du genau nachdenkst, wirst du von allein draufkommen.«

»Wo ist Papa überhaupt? Weißt du, wo er ist?«

»Das ist jetzt nicht wichtig, Cheyenne. Wichtig ist, dass du jetzt aufwachst.«

»Was? Wieso?«

Und dann hast du nochmal gesagt:

»Du musst jetzt aufwachen, Cheyenne!«

Und dann warst du weg und ich bin auch tatsächlich aufgewacht und dann hab ich gemerkt, warum du wolltest, dass ich aufwache.

Ich war noch in der Lagerhalle, natürlich. Und Harold war noch auf der Pritsche und Bella stand mitten im Raum und schaute auf die Tür. Ich saß an der Klowand, wo ich eingeschlafen war. Aber da war irgendein Geräusch, das falsch war. Das nicht sein sollte. Und dann merkte ich, was es war. Jemand rüttelte an der Tür und Bella guckte nur. Guckte und ich sah den Horror in ihren Augen. Ich sprang auf und merkte dabei, dass mein Bein eingeschlafen war. Also fiel ich hin. Sprang wieder auf. Zu Bella, nahm sie an der Hand und sagte leise: »Wir müssen uns verstecken. Los!« Und dann reagierte sie auch und das war gut so, denn mein scheiß Bein gehorchte mir immer noch nicht richtig.

Wir versteckten uns hinter den mit Folie abgedeckten Kisten. Und gerade als wir uns dahinter wegduckten, splitterte Holz und es war klar, die Tür war jetzt offen. Man konnte zwischen den Kisten hindurchgucken, also sahen und hörten wir alles, was als nächstes passierte. Es war der Hawaii-Hemdträger, der reinkam. Er blickte sich in der Halle um. Dann ging er direkt zu Harolds Pritsche. Der lag da und hatte die Augen offen. Starrte ihn an.

»Wo sind die Mädchen?«

»Weg. Sind abgehauen«, sagte Harold.

»Ich glaub dir kein Wort. Ist aber auch scheißegal. Wo ist der Koffer?«

Harold versuchte, ein Grinsen zustande zu bringen. Sagte aber nichts.

Das Hawaii-Hemd setzte sich im Schneidersitz vor Harold. Und zog die Pistole und das Messer aus dem Gürtel. Legte beides vor sich und meinte: »Das sind Captain und Morgan. Du kannst selbst entscheiden, wer von beiden dir den Arsch aufreißen soll.«

Harold schaute ihn an. Dann setzte er sich auf. Das heißt, er versuchte es, ging aber nicht richtig, weil er so schwach war. Also guckte er das Hawaii-Hemd nur an und sagte: »Steck dir beide in den Arsch!«

An das nächste, was passiert ist, erinnere ich mich nicht. Das ist kein Witz. In der Therapie haben sie erzählt, dass die Psyche manchmal Erinnerungen einfach ausschaltet, die man nicht erträgt. Oder einfach andere Erinnerungen stattdessen einschaltet. Aber was weiß ich schon? Bin keine scheiß Psychologin.

Jedenfalls, immer wenn ich versuche, die Szene in der Lagerhalle wiederzubekommen, schaltet sich mein Kopf in diesem Moment aus. Ab dem Satz von Harold: »Steck dir beide in den Arsch!« Es ist, als ob jemand einen Hebel umlegt und ich sehe plötzlich eine Filmszene. Aber nicht irgendeine. Sondern eine Szene aus *Scarface*. Also was soll ich machen? Ich werd jetzt einfach die Szene aus *Scarface* erzählen. Und wenn Sie sich langweilen, weil Sie den Film, genau wie ich, auswendig können, dann überspringen Sie einfach die nächsten Seiten.

Also Tony Montana ist in diesem Hotelzimmer. Irgendwo in Miami. Er soll einen Drogendeal mit ein paar Kolumbianern über die Bühne bringen. In dem Zimmer sind ein Mann, Hector, und eine Frau, Martha. Martha liegt auf dem Bett und schaut Fernsehen, während Tony und Hector über den Deal reden. Vor der offenen Tür wartet noch einer von Tonys Männern, während zwei weitere im Auto warten.

Aber Tony und Hector ziehen irgend so ein Pimmelspiel ab. Hector will Tony nicht sagen, wo das Kokain ist und Tony ihm nicht, wo das Geld ist. Dann eskaliert es. Plötzlich taucht einer von Hectors Männern von draußen auf, bedroht Tonys Partner mit einer Pistole. Tony will auch seine Knarre ziehen, aber da zaubert Martha eine Shotgun unter dem Kissen hervor und Tony und Partner sind erledigt. Hector will, dass Tony ihm verrät, wo das Geld ist, und fuchtelt mit seiner Knarre vor ihm rum. Und dann sagt Tony: »Warum steckst du dir nicht deinen Kopf in den Arsch und guckst, ob er passt.« Also so ähnlich wie das, was Harold zu dem Hawaii-Hemd gesagt hat. Und vielleicht ist das auch der Grund, warum mir immer sofort diese Szene aus *Scarface* einfällt. Jedenfalls wird Tonys Partner im Badezimmer an die Duschstange gefesselt und ihm der Mund zugeklebt. Und Hector holt aus einem Koffer, in dem man auch das Kokain sieht, eine scheiß Kettensäge hervor. Martha stellt den Fernseher lauter. Und während Tony ins Bad gestoßen wird, und Hector mit der Säge hinterher, geht die

Kamera nach draußen und zeigt die beiden Freunde von Tony im Auto. Einer von ihnen, Manny, versucht gerade eine Frau im Bikini anzumachen und befummelt sie. Keiner von beiden verschwendet einen Gedanken an Tony und den Partner, an dessen Namen ich mich nicht erinnere oder der vielleicht noch nicht mal einen hat. Typisches Kanonenfutter im Film. Also eigentlich wissen alle, was gleich passiert. Aber die Kamera zeigt diese friedliche Straße, die Sonne scheint, man sieht Palmen und den Strand. Es ist nicht viel los. Wie am Sonntagnachmittag.

Ich hab lange über diese Szene nachgedacht. Und ich glaube, die Kamera ist mein Gehirn oder meine Erinnerung, die nicht zeigen will, was wirklich in dieser Lagerhalle passiert ist. Was Hawaii-Hemd mit Harold, der sich nicht wehren konnte, angestellt hat. Aber da haben wir wieder einen Unterschied zwischen Film und Realität. Harold hatte einen Namen, war kein Kanonenfutter in einer Szene, war ein Mensch mit Träumen, wollte Wrestler werden. Und auch wenn er schlimme Dinge getan hat, will man nicht, dass er so endet. Ich wollte es nicht. Aber ich konnte nichts tun.

Im Gegensatz zu meiner Erinnerung fährt die Kamera bei *Scarface* wieder zurück in das Hotelzimmer. Und zeigt das, was man nicht sehen will. Bevor man im Badezimmer ist, hört man schon die Kettensäge.

Hector steht mit der Säge vor Tonys Partner, der in der Badewanne ist. Hilflos gefesselt. Und der andere Kolumbianer hält Tony eine Knarre an die Wange. Hector ruft Tony zu: »Wenn du nicht willst, dass dir das Gleiche passiert, gib mir das Geld.« Und dann schneidet er Tonys Partner einen Arm ab.

Man sieht es nicht. Man sieht Tonys Gesicht, der versucht, wegzugucken, aber von dem anderen Kolumbianer gezwungen wird, sich das genau anzuschauen. Al Pacino spielt das großartig. Was für eine Mimik!

Inzwischen hat draußen die Bikinifrau Tonys Freund abserviert und die beiden merken, dass Tony und der Partner schon ziemlich lange weg sind und beschließen, endlich nachzusehen.

Im Badezimmer ist alles voller Blut. Hector sagt: »Und jetzt das Bein.«

Tony windet sich. Will nicht hinsehen. Diesmal schafft er es, sein Gesicht hinter dem Duschvorhang zu verstecken. Das Blut spritzt an den Vorhang.

Draußen sieht man, wie die beiden Freunde von Tony mit Maschinenpistolen langsam zum Hotelzimmer hochsteigen. Sehr langsam. Allein das mit anzusehen, ist schon Folter.

Tony steht jetzt in der Badewanne und soll an die Duschstange gefesselt werden. Jetzt ist er dran. Hector gibt ihm noch eine letzte Chance. Er soll ihm sagen, wo das Geld ist.

Aber Tony sagt nur: »Fuck you!« und spuckt Hector ins Gesicht. Und hier ist nicht nur wieder ein Unterschied zwischen Film und Realität, sondern auch der Grund, warum alle sechzehnjährigen Möchtegerngangster diesen Film lieben. Tony hat nur Verachtung für die Kolumbianer übrig. Jeder normale Mensch und auch jeder der Möchtegerngangster hätte sich schon längst in die Hosen geschissen vor Angst. Aber wir sind hier im Film und die Leute lieben Helden. Oder so was in der Art.

Hector wirft die Kettensäge an. Und natürlich will sie nicht sofort anspringen. Er braucht ein paar Versuche. In dem Moment stürmt Manny das Zimmer und ballert fast alle mit der Maschinenpistole über den Haufen und rettet Tony vor der Kettensäge. Die Szene geht noch weiter. Aber an dieser Stelle setzt meine Erinnerung in der Lagerhalle wieder ein. Wenn Sie der Film interessiert, können Sie ja selbst schauen, wie es weitergeht.

Ich bin wieder in der Halle, hinter diesen Kisten und merke, dass ich in Bellas Gesicht starre. Bella schaut zu Harold und

Hawaii-Hemd und sieht ein bisschen wie Tony Montana aus, der gerade mitansehen muss, wie jemand von einer Kettensäge lebendig zerteilt wird.

Und ich merke, dass irgendwas passieren muss, wenn wir nicht sterben wollen. Und plötzlich sehe ich, dass da, hinter den Kisten, ein zweiter Ausgang ist. Und das macht Sinn, denn was wäre das für ein Gangsterversteck, mit nur einer Tür? Da säß ja jeder sofort in der Falle. Also packe ich Bella und ziehe sie Richtung Tür. Das nächste, das ich erinnere, ist, dass wir plötzlich draußen vor der Halle stehen.

Und da wird auch Bella wieder lebendig. Sie guckt mich nur an und schreit: »Lauf, Chey!«

Und weg ist sie und ich stehe da, hinter dieser Lagerhalle und dann renn ich auch los. Renn einfach so los in die Nacht und ich hab das Gefühl, meine Ohren summen noch vom Geräusch der Kettensäge.

FERHAT UND ISMAIL

Ich weiß noch folgendes: Ich bin durch Frankfurt gerannt und alles, woran ich denken konnte, war: Gott sei Dank hab ich nicht die scheiß High Heels an, die ich immer bei Best Price Fashion tragen muss. Schon komisch. Ich versteckte mich hinter einem Müllcontainer und musste tief durchatmen. Die Luft ging rein und raus, wie ein Zuhälter im Puff. Mein Herz klopfte an meine Brust, als wollte es ausbrechen und endlich frei sein. Da merkte ich, dass ich nichts bei mir hatte. Kein Geld, kein Handy. Hatte alles in der scheiß Lagerhalle gelassen. Ich rannte weiter. Und irgendwann war da ein Licht, auf das ich zulief. War sowas wie eine Kneipe. Konnte aber den Namen nicht lesen. Ich holte vor dem Eingang nochmal kurz Luft. Dann ging ich rein.

Es gab nicht besonders viel Licht drinnen. Und das gefiel mir. Denn wenn man schon eine scheiß Todesangst hat und sich eigentlich verstecken will, hat mein keine Lust auf hell erleuchtete Räume. Ist wohl wieder was Psychologisches. Die Kneipe war ziemlich klein. Es gab eine Bar, natürlich. Und eben ein paar Stühle und Tische. Auf einem riesigen Bildschirm an der Decke liefen so Urlaubsbilder ab. Strände, Palmen, türkises Meer. An der Theke saß ein Mann, mit dem Rücken zum Raum, rauchte eine Zigarette und las in einem Buch. Dann war da noch der Barmann, der mir freundlich zunickte. Sonst war niemand dort. Also ging ich zur Theke und setzte mich auf einen Barhocker. Ich sah, dass in der Ecke auf der Theke ein Solitaire-Spiel stand. Was für ein scheiß Zufall! Der Typ kam zu mir und fragte mich, was ich trinken wollte. Er sah irgendwie nett aus, hatte einen Akzent. War also bestimmt keine Kartoffel. Komisch, was einem so auffällt, wenn andere Sachen viel wichtiger sind. Ich bestellte eine Cola. Da fiel mir ein, dass ich kein Geld hatte. Aber es war zu spät. Die Cola stand schon vor mir.

Und während ich noch überlegte, wie ich das bezahlen sollte, was wieder eigentlich gerade eins meiner geringsten Probleme war, sah ich etwas. Hinter der Theke gab es ein Regal und da standen Bücher drin. Über meine Beziehung zu Büchern hab ich ja schon was erzählt. Und das ist eigentlich komisch, dass ich trotzdem hier ein Buch schreibe. Aber weil es in meinem Leben noch viel mehr Sachen gibt, die keinen Sinn machen, denk ich nicht so häufig darüber nach.

Jedenfalls, die Bücher waren dunkelblau mit goldener Schrift und ich erinnerte mich, dass ich genau die gleichen schon einmal gesehen hatte. Aber nicht bei Thomas Weiß oder so, sondern bei Oma zu Hause. Und das interessierte mich. Also hab ich den Barkeeper gefragt: »Kann ich mal sehen? Ich meine, die Bücher.«

Er guckte mich an. Und nicht nur er. Der einzige andere Gast, der am Tresen saß, auch. Nach ein paar Sekunden holte der Barmann eins der Bücher aus dem Regal und gab es mir. Sagte nichts weiter dazu. Ich sah es mir genau an und blätterte ein bisschen darin. Ja, es war eins von denen, die Oma auch hatte. Marx/Engels-Werke.

»Kennst du das Buch?« Das hatte mich der Typ an der Bar gefragt. Er hatte graue, kurze Haare und einen Schnurrbart. Musste also schon älter sein. Erinnerte mich ein bisschen an den Vater von Tuncer. Das war natürlich eine gute Erinnerung. Aber bevor ich wieder an Tuncer denken musste und was ihm passiert war, sagte ich schnell: »Ja. Meine Oma hat es auch. Sie sagt immer, dass alle kommunistischen Diktatoren Arschlöcher waren, nur Marx und Engels waren intelligente, bodenständige Leute.«

Dann kam ich mir plötzlich unglaublich blöd vor, weil die beiden lachten. Sie lachten sehr laut. Und lange. Dann meinte der Barkeeper: »Deine Oma ist eine intelligente Frau!« Und der Typ von der Bar setzte sich neben mich und sagte: »Ich bin Ismail und das ist Ferhat. Ihm gehört der Laden hier.« »Ismail, wie bei *Moby Dick?*«, fragte ich. »Das kennst du also auch?«, nickte er und lächelte.

»Na, hör mal«, sagte ich. »Ich werd ja wohl noch einen Gregory-Peck-Film kennen. Der ist nämlich mein Lieblingsschauspieler von den alten Hollywood-Stars. Vergiss Spencer Tracy und erst recht Charlton Heston. Gregory Peck ist der beste.«

Ismail lachte wieder, nur nicht so lange und so laut wie beim ersten Mal.

»Aber du weißt schon, dass es auch ein Buch gibt, das so heißt?«

»Hab mal davon gehört. Aber ich les nicht so viel. Ich guck Filme. Das letzte Buch, das ich gelesen habe, war *Der Fänger im Roggen*. Aber das war nicht so gut.«

»Wieso? Ist doch ein Klassiker und alle sagen immer, dass es so toll ist.«

Dann erzählte ich Ismail, was ich darüber dachte; dass es nur um Probleme der Reichen geht. Und die wissen noch nicht mal, dass sie reich sind, sondern tun so, als wäre das normal.

Er hörte still zu und als ich fertig war, fragte er: »Wie heißt du?« Ich sagte es ihm.

»Ich denke, du hast recht, Cheyenne, mit allem, was du sagst«, meinte er.

Eine Zeit lang war Stille. Dann fragte ich: »Und warum heißt du Ismail? Bist du nach dem Buch oder dem Film benannt, oder was? Ich frag nur, weil ich noch nie jemanden mit dem Namen kennengelernt habe.«

»Nein, es ist ein Name aus der Bibel oder aus dem Koran. Je

nachdem, wo du nachschaust. Er kommt auch früher schon im Tanach vor, also den Heiligen Schriften der Juden.«

»Das heißt, deine Eltern waren Christen oder Juden?«

»Genau falsch. Sie waren Moslems. Ich komme aus der Türkei. Meine Eltern sind mit mir 1971 nach Deutschland gekommen. Damals war ich noch ein kleines Kind. Es gab einen Militärputsch und viele Leute mussten das Land verlassen.«

»War das auch eine kommunistische Diktatur?«

»Nein, es war das genaue Gegenteil. Die Kommunisten waren die, die das Land verlassen mussten, wenn sie nicht umgebracht werden wollten.«

»Meine Oma ist aus Albanien geflohen.«

»Jetzt verstehe ich, warum sie sagt, dass alle kommunistischen Diktatoren Arschlöcher waren.«

»Mein Opa war Kommunist. Aber nicht so wie Enver Hoxha. Irgendwie anders. Aber ich hab keine Ahnung, wie. Was ist mit Ihnen? Sind Sie auch Kommunist?«

»Du kannst ruhig du zu mir sagen, Cheyenne.« Schien so, als überlegte er einen Moment. Dann sagte er: »Hättest du mir die Frage vor zwanzig oder dreißig Jahren gestellt, hätte ich sofort Ja gesagt. Heute sage ich, dass von allen Überzeugungen, die man haben kann, mir der Kommunismus noch am sympathischsten ist.« So oder ähnlich hat er das gesagt. War ein bisschen verschwurbelt.

»Also, *ich* bin Kommunist«, sagte plötzlich Ferhat.

»Und, bist du auch aus der Türkei geflohen?«, fragte ich ihn.

»Nein. Ich komme aus Kurdistan. Meine Familie ist während eines von Saddams Massakern umgebracht worden. Danach bin ich nach Deutschland zu meinem Onkel gegangen.«

»Und warum bist du Kommunist?«

Ferhat grinste.

»Du kannst ganz schön schwierige Fragen stellen, Cheyenne. Also, ich denke, weil der Kommunismus den Menschen sagt, dass sie alle gleich sind und das nicht nur in der Theorie, sondern auch in der Praxis durchsetzen sollen. Und weil es dabei um andere Dinge geht, als nur immer mehr Scheiß zu kaufen.«

»So ähnlich sagt das meine Oma auch.«

Ismail hob sein Glas.

»Ich trinke auf Cheyennes Oma. Und darauf, dass wir hier alle zusammensitzen. Ein kurdischer Kommunist, ein türkischer Altlinker und eine junge deutsche Frau, deren Oma Enver Hoxha entkommen ist.«

Wir hoben alle unsere Gläser. Dann tranken wir.

Als ich die Cola wieder hingestellt hatte, atmete ich tief ein und aus. Dann sagte ich:

»Also, ich habe ein Problem. Oder besser, mehrere.«

MEXICAN STANDOFF

Die Nacht war eine schwarze Decke. Hatte jemand auf die Stadt gelegt und alle hofften jetzt, dass sie dieser jemand bald wieder wegzog. Der Mond hatte Augen wie ein Ungeheuer. Blickte auf uns herab.

Ich wusste nicht, wie spät es war. Aber es war noch dunkel. Nicht mal ein Schimmer von Morgendämmerung am Himmel. Ich musste kurz daran denken, dass ich in wenigen Stunden normalerweise aufstehen und zur Arbeit gehen würde. Absurder Gedanke! Ich warf die Zigarette auf die Straße und ging wieder in die Bar, lenkte mich lieber ab und tat das, was ich schon gefühlt seit Stunden tat. Ich spielte eine Partie Solitaire. Ferhat hatte mir noch eine Cola spendiert. Eigentlich wollte er mir einen Raki ausgeben, aber ich lehnte ab. Ich konnte jetzt keinen Alkohol trinken. Vielleicht lag es an letzter Nacht, die mir immer noch nachhing. Vielleicht hab ich auch damals mit Drogen und diesem Kram aufgehört. Ich weiß es nicht. Jedenfalls warteten wir gemeinsam auf Ismail.

Es war seine Idee gewesen. Er wollte zurück und den Koffer aus dem Versteck holen. Wenn er noch da war. Bella und ich waren nicht gerade kreativ gewesen. Dachten nur, das Wichtigste ist, ihn aus der Halle zu schaffen. Also legten wir ihn draußen hinter einen Müllcontainer. Ich hatte, so gut es ging, Ismail die Lagerhalle beschrieben und er glaubte, er wüsste, welche ich meinte. Also zog er los. Allein. Sagte, es sei zu gefährlich für mich und er sei nur ein alter Mann. Unverdächtig. Außerdem müsste er was wieder gutmachen. Gegenüber meiner Oma. Im Namen aller Kommunisten der Welt.

Jetzt saß ich vor dem Solitaire-Spiel und ging alle möglichen Taktiken durch. Das beruhigte mich. Wie immer.

»Sag mal, Cheyenne«, fing Ferhat plötzlich an. »Warum haben deine Eltern dich eigentlich Cheyenne genannt?«

Ich guckte ihn an. »Wie meinst du das?«

»Sie müssen sich doch etwas dabei gedacht haben?«

»Ich bin mindestens ne halbe Kartoffel, Schätzchen. Unsere Namen bedeuten einen Scheiß.«

»Du weißt aber schon, dass es da so einen Indianerstamm gibt?«

»Ja, weiß ich. Aber warum zum Teufel sollte man jemanden nach einem Indianerstamm benennen? Außerdem sagt man nicht mehr Indianer, sondern Indigene. Indianer ist rassistisch.«

Das hatte mir Thorben mal erzählt. Sofort, nachdem ich es gesagt hatte, ärgerte ich mich. Was kümmerte mich Thorben eigentlich noch? Darum sagte ich: »Also, ich glaub nicht, dass es da einen tieferen Sinn gab oder sowas. Meine Eltern mochten den Namen vielleicht einfach. In meiner Schule gab es noch zwei Cheyennes. Aber ich weiß schon. Auf dem Gymnasium waren keine. Da hießen die Girls Mathilda oder Annabell.« Nachdem ich das gesagt hatte, gab mir mein scheiß Herz einen Stich. Ich musste daran denken, dass Thorben wahrscheinlich schon bald mit Mathilda oder Annabell zusammen war.

»Ich denke, der Name passt zu dir. Du bist eine Kriegerin«, sagte Ferhat.

»Danke. So nennt mich meine Oma auch immer.«

»Ich trinke auf Cheyenne, die Kriegerin.« Und kippte schon wieder einen Raki. Er konnte ziemlich viel trinken, dachte ich noch. Und überlegte kurz, ob ich nicht doch auch einen Schnaps kippen sollte. Aber während ich noch so nachdachte, roch ich plötzlich den Alkohol. So, als würde Ferhat vor mir stehen und mir ins Gesicht atmen. Aber das konnte nicht sein. Ferhat stand viel zu weit weg von mir. Und dann merkte ich, dass es auch nicht so richtig Alkohol war, sondern etwas Anderes, Ähnliches. Ein Aftershave.

»Ich wünsche allseits eine Gute Nacht!«, hörte ich Kowalskis Stimme hinter mir. Da stand er, in seinen poshen Markenklamotten, und grinste mich an. Er musste reingekommen sein, als ich mich gerade unterhalten hatte oder die Tür war scheiß leise oder was weiß ich. Jedenfalls hatte ich nichts gemerkt.

»Gute Nacht!«, sagte Ferhat.

Kowalski setzte sich neben mich an die Theke und bestellte einen Espresso.

Ich merkte, wie die Wut plötzlich wieder da war. Die gleiche Wut wie damals, als Kowalski mich nach Hause gefahren und mir damit gedroht hatte, Troy zu verhaften.

»Anstrengende Nacht, was?« Das hatte er in meine Richtung gefragt. Ich hatte ihn bis jetzt nicht angeguckt. Wollte mir keine Blöße geben.

Ich starrte auf das Spielbrett und fragte nur: »Seit wann verfolgen Sie mich?«

Er grinste. Das heißt, ich spürte sein Grinsen auf meiner Wange.

»Eigentlich, seit Sie Schwarzstetten verlassen haben.«

»Und warum haben Sie nicht eingegriffen? In der Lagerhalle. Sie sind doch ein scheiß Bulle. Sie hätten ein Menschenleben retten können?«

Das hatte ich ihm ins Gesicht gesagt. Sein Grinsen war verschwunden.

»Ich glaube nicht, dass Sie mir sagen müssen, was ich tun soll.« Seine Stimme war jetzt ganz kalt. Kalt wie die Gletscher, die wahrscheinlich auf der Flasche von seinem billigen Aftershave abgebildet waren.

»Ich habe mich im Hintergrund gehalten. Was ich will, sind Beweise gegen Bimbashi. Sollen sich die Killer doch gegenseitig umbringen. Ja, ich habe es gesehen. Ich habe gesehen, dass der Killer von Bimbashi verletzt war und Sie ihn gestützt haben. Ich habe Sie verfolgt, bis zu der Lagerhalle.«

»Harold. Sein Name war Harold.«

»Wie bitte?«

Ich hatte das ganz leise zwischen den Zähnen rausgemurmelt. Aber ich wiederholte den Namen nicht. Nicht für Kowalski.

»Ich habe auch die Leute gesehen, die in die Halle gegangen sind. Aber niemand hatte den Koffer. Plötzlich lief ihre Freundin an mir vorbei.«

»Was ist mit Bella?«

»Oh, machen Sie sich keine Sorgen. Sie ist mir direkt in die Arme gelaufen. Im Augenblick ist sie wahrscheinlich schon in einem Nachtzug nach Schwarzstetten, wo sie am Bahnhof von ihrer Mutter in Empfang genommen wird. Für sie ist diese Geschichte vorbei.«

Er änderte seine Stimme. Das Nächste, was er sagte, war sehr freundlich. Süßlich. Wie ein Duftbaum in einer Pornovideothek.

»Wollen Sie nicht, dass es für Sie auch vorbei ist, Cheyenne? Wäre das nicht geradezu eine Befreiung? Sie müssen mir nur sagen, wo der Koffer ist. Ich kümmere mich um den Rest.«

»Ja. Damit Sie Bimbashi verhaften können und als der große Bulle dastehen. Und ich wäre morgen tot. Vergessen Sie es!«

»Gut. Dann betrachten Sie sich hiermit als verhaftet. Wegen Beteiligung an einer Straftat.«

Ich musste lachen.

»Meinen Sie das im Ernst?«

»So ernst war ich Ihnen gegenüber noch nie. Ich bin bis jetzt viel zu nett gewesen. Wird Zeit, dass wir mal andere Saiten aufziehen.«

Er fasste mich am Arm. Aber fast im gleichen Augenblick legte sich etwas anderes auf seinen Arm. Ein Baseballschläger.

»Ich glaube nicht, dass ich das zulassen kann«, sagte Ferhat.

Kowalski wusste erst nicht, was los war. Sein Terriergesicht sah aus, als wäre er in diesem Augenblick wirklich so schlau wie ein Hund. Dann kriegte es plötzlich so ein hässliches Rot. Er schrie: »Was glauben Sie, wer ich bin?! Ich bin ein Kriminalbeamter im Einsatz! Nehmen Sie sofort den Baseballschläger von meinem Arm oder ich muss Sie auch verhaften!«

»Das möchte ich mal sehen, wie Sie das machen?«, sagte Ferhat.

»Haben Sie mich nicht verstanden?!«

»Doch, doch. Aber wissen Sie, ich kenne Polizisten, vor denen ich wirklich Angst habe. Aber zu denen gehören Sie nicht. Die sind nicht hier. Die sind noch nicht einmal in diesem Land. Also glauben Sie wirklich, ich fürchte mich vor einer deutschen Gefängniszelle?«

Dann war Stille. Ein paar Sekunden sagte keiner was. Also meinte ich: »Ist ja fast ein Mexican Standoff.«

»Was?«, fragte Kowalski. Wahrscheinlich, weil er nicht wusste, was er sonst sagen sollte.

»Mein Gott! Kennen Sie nicht den Mexican Standoff? *The Good, the Bad and the Ugly*!«

Keiner von beiden schien zu kapieren. Ich wollte gerade anfangen, Filmgeschichte für Dummies zu unterrichten, da wurde dieser schöne Standoff aufgelöst.

»Wie wäre es, wenn wir zusammen einmal nachschauen, was überhaupt in diesem Koffer drin ist?«

Das hatte Ismail gesagt. Er stand mitten in der Bar, mit dem Koffer in der Hand. Diese Kneipe musste wirklich scheiß leise Türen haben.

MCGUFFIN

Da stand er. Der Koffer. Oder besser gesagt, er lag. Auf einem Tisch. Mitten in dieser Bar. Und wir drum herum und starrten ihn an. Kowalski, Ferhat, Ismail und ich. Der Koffer war schwarz und eigentlich nicht besonders groß. Hatte ein Zahlenschloss.

Ferhat sagte: »Und? Was ist jetzt? Machen wir ihn auf, oder was?«

»Eigentlich müsste ich ihn sicherstellen, als Beweismittel, und erst auf dem Revier öffnen. Aber ein kurzer Blick hinein kann nicht schaden. Wie kriegen wir das Schloss auf?«

Ismail kam mit einem Draht in der Hand, stocherte ein paar Mal drin rum und da klackte es schon auf. Er klappte den Deckel zurück und wir schauten rein.

Ich weiß, ich sollte das mit der Filmtheorie mal lassen! Bin ja nicht Thomas Weiß, der immer allen mit dem, was er weiß, auf den Sack gehen muss. Aber ich hab doch das Gefühl, ich muss hier mal kurz erklären, was ein McGuffin ist. Also Hitchcock. Alfred Hitchcock hat irgendwann damit angefangen. Ein McGuffin ist eine Person oder ein scheiß Gegenstand, den in einem Film alle suchen oder der allgemein im Mittelpunkt steht. Keine Ahnung, warum er McGuffin heißt. Jedenfalls nach Hitchcock hat jeder zweite Regisseur, der einen Krimi oder einen Thriller oder halt einen Gangsterfilm gedreht hat, einen McGuffin benutzt.

In Pulp Fiction kommt ja auch ein Koffer vor. Aber der Inhalt wird nicht verraten und es gibt alle möglichen Theorien, was wohl da drin gewesen sein mag. Vielleicht Marsellus Wallaces Seele? Alles Bullshit, wenn ihr mich fragt. Ich glaube ja, dass Tarantino nur zeigen wollte, dass es gar nicht wichtig ist, was genau drin war.

Ein McGuffin braucht keinen Inhalt. Aber ich bin nicht Tarantino, also mach ich es kurz: Im Koffer war ein Schwert. Genauer gesagt, ein Samuraischwert. Ein kleines zwar, aber eben doch ein Samuraischwert. Groß genug, um einen Menschen aufzuschlitzen.

Ein paar Augenblicke standen wir noch drum herum. Dann ging Ferhat wieder hinter die Theke. Goss sich noch einen Raki ein. Als nächstes zuckte Ismail mit den Schultern und holte sich auch einen Schnaps. Ich guckte Kowalski an. Sein Terriergesicht war steinhart. Dann murmelte er: »Verdammte Scheiße!«

Und ging auch an die Theke. Wortlos stellte Ferhat ihm einen Raki hin und er trank ihn. Ich klappte den Koffer wieder zu. Warum? Einfach, weil ich dachte, man muss ihn wieder zuklappen. Dann ging ich auch an die Theke und fragte Kowalski: »Und jetzt?«

»Nichts, und jetzt«, sagte er. »Mit welcher Begründung soll ich Bimbashi verhaften? Illegaler Waffenbesitz? Da ist er im Nu wieder draußen, bei seinen Anwälten. Und wahrscheinlich hat er sogar noch eine Genehmigung dafür.«

»Ich meine, was ist jetzt mit mir? Bin ich immer noch verhaftet?«

Kowalski antwortete nicht, stand auf und sagte nur: »Ich wünsche noch einen schönen Abend. Es ist spät geworden.«

»Ach, und was ist mit ihrem Gelaber von wegen Personenschutz und so? Die Sache ist nicht vorbei. Es gibt immer noch einen Killer, der scharf auf diesen Koffer ist.«

Er blickte mich mit seinem steinharten Terriergesicht an.

»Ich denke, Sie sind hier in guten Händen.« Und dann ging er einfach. Der Bastard. Hatte mich mein Instinkt wohl nicht im Stich gelassen. Für Kowalski zählte nur seine scheiß Karriere.

»Also«, sagte Ismail nach ein paar Minuten. »Besprechen wir, wie wir weiter vorgehen.«

WOHNUNGEN

Ich habe hier irgendwo gesagt, ich verrate nicht den Namen der Stadt, in der ich heute lebe. Das bleibt auch so. Aber ich muss von meiner Nachbarin erzählen. Ich wohne in einem Mietshaus, wie es sie zu tausenden oder zehntausenden oder hunderttausenden in Deutschland gibt. Mit den meisten Leuten, die hier leben, habe ich nichts zu tun. Außer mit Gita. Sie ist eine Frau so um die Fünfzig und wohnt direkt über mir.

Zum ersten Mal hab ich sie im Treppenhaus getroffen. Kurz nachdem ich eingezogen war. Ich hatte ein paar Pakete von IKEA dabei, die ich mit dem scheiß Bus hergebracht hatte. Sie kam zur gleichen Zeit wie ich nach Hause. Sah müde aus. Trotzdem hat sie mich gefragt, ob sie mir helfen soll. Hätte mir ein Mann das angeboten, hätte ich Nein gesagt. Hab auch meinen Stolz.

Also bauten wir zusammen die Regale auf und tranken danach einen Tee. Ich erzählte ihr etwas aus meinem Leben. Von dem ich dachte, ich könnte es ihr erzählen. Und sie machte das Gleiche.

Gita kommt aus Afghanistan. Aus einer Stadt namens Herat. Hab das später dann mal gegoogelt. Es ist eine Stadt mit einer scheiß alten Kultur. Dichtung und Architektur und alles. Außerdem gibt es scheiß teure und gute Teppiche, die dort gemacht werden.

Sie ist schon seit mehr als zwanzig Jahren in Deutschland. Hab sie gefragt, ob sie vor den Taliban geflohen ist. Könnte man so sagen, hat sie gesagt. Weiß nicht, was das bedeuten soll. Hab aber auch nicht weiter nachgefragt.

Jedenfalls treffen wir uns seitdem häufiger. Manchmal kocht sie für mich. Ich kann leider nicht kochen. Aber Gita ist richtig gut. Erinnert mich ein wenig an Kenan damals. Auch wenn man das nicht vergleichen kann. Sie macht immer Gerichte aus ihrer Heimat, deren Namen ich mir nicht behalten kann. Eines heißt Manto oder Mantu oder so ähnlich. Ist jedenfalls scheiß lecker.

Irgendwann hab ich festgestellt, dass Gita ziemlich gebildet ist. Aber nicht so wie Thomas Weiß. Auf jeden Fall muss sie nicht immer allen Leuten Vorträge halten. Sie kennt sich gut aus mit Literatur. Na ja, ich hab ja schon was über mein Verhältnis zu Büchern erzählt. Gita hat gesagt, dass sie, als sie herkam, dachte, sie müsste jetzt ganz viel über westliche Kultur wissen. Weil die scheiß Taliban ihr verboten haben, in Afghanistan einen Schulabschluss zu machen und zu studieren.

Also hat sie angefangen, sich quer durch die Weltliteratur zu lesen. Manchmal erzählt sie von den Büchern, die sie alle schon gelesen hat. Und ich erzähl ihr dann was über Filme. Ist also eine Win-win-Situation.

Sie hat mir auch erzählt, dass ihr Name sowas wie »die Gesungene« bedeutet. Warum haben manche Leute so geile Namen und ich heiß wie so n Indianerstamm, tschuldigung, Indigenenstamm?

Warum erzähl ich das jetzt?

Wahrscheinlich, weil mich Gitas Wohnung ein bisschen an Ismails erinnert hat. Die hab ich nämlich in der Nacht noch gesehen. Aber dazu gleich. Gitas Wohnung war voll mit Kram, den sie sich im Lauf der Jahre gekauft hat und der sie an ihre Heimat erinnert. Bilder, Tücher, Teppiche, Bücher und so weiter. So sah auch Ismails Wohnung aus. Nur eben mit Sachen aus der Türkei und nicht aus Afghanistan. Und noch was fällt mir gerade auf. Eigentlich erinnerten mich beide Wohnungen wieder nur an die von meiner Oma. Und vielleicht ist es einfach so, dass alle Wohnungen, die wir betreten und in denen wir uns wohlfühlen, uns an die Wohnungen unserer Kindheit erinnern. So als wollten wir die Zeit zurückdrehen.

Wie auch immer. Nachdem Kowalski abgezogen war, meinte Ismail, es wäre das Beste, sie würden mich zum Bahnhof bringen. Die S-Bahnen fuhren die ganze Nacht. Außerdem dauerte es nicht mehr lange und die Nacht wäre vorbei.

Ferhat meinte, er kommt auch mit. Heute würde sowieso keine Kundschaft mehr kommen. Schloss die Bar ab und wir gingen Richtung Bushaltestellte. Anscheinend hatte keiner der beiden ein Auto. Hätte eh keiner mehr fahren können.

Der Bus kurvte durch Frankfurt. Dabei fällt mir jetzt gerade ein, wie ich mal in einem Autobus über die spanisch-französische Grenze gefahren bin. Barcelona – Perpignan. Es war auch Nacht und der Fahrer hatte einen Film angemacht. Total laut, so dass ich nicht pennen konnte. Es war ein Steven-Seagal-Film. Auf Spanisch. Ich verstand kein Wort. Musste man aber auch nicht. Bei der Handlung. Seagal war Undercover-Cop und ermittelte gegen Drogenschmuggler. Er verprügelte natürlich ständig die Bösen mit seinen Martial Arts. Als wir über die Grenze fuhren, wurden wir tatsächlich angehalten und die französischen Bullen zogen einen Jungen raus. Mussten wohl einen Tipp bekommen haben, denn der Junge versuchte, abzuhauen. Aber die Flics haben ihn wieder eingefangen und so schlimm verprügelt, das hätte selbst Steven Seagal nicht so hinbekommen. Wieder mal ein Beispiel für den Unterschied Realität und Film.

Dann waren wir am Frankfurter Hauptbahnhof. Und als wir ausstiegen, kam so was wie ein blauer Schimmer durch die Nacht. Man merkte, dass die Sonne bald aufgehen würde. Aber noch war es dunkel. Auf dem Bahnhofsplatz war nicht viel los. War wohl noch zu früh für den Berufsverkehr. Ich klammerte mich an den Koffer. Aber im nächsten Moment stellte ich ihn neben mich.

Duckte mich hinter ein stehendes Taxi. Ferhat und Ismail guckten mich an und wussten nicht, was los war.

»Da ist er«, flüsterte ich. »Vor dem Eingang.« Ich guckte durch die Scheiben des Taxis. Kein Zweifel. Dort stand das Hawaii-Hemd. Im Licht vom Eingang. Er war damit beschäftigt, mit der Hand etwas von seinem Hemd zu schrubben. Irgendein Schmutzfleck wahrscheinlich. Oder Blut.

»Cheyenne, vielleicht erledigt sich dein Problem gerade von selbst«, sagte Ismail. Und da sah ich, was er meinte. Im Dunkeln rechts und links vom Eingang rotteten sich ein paar Typen zusammen. Sie starrten alle auf Hawaii-Hemd und es war klar, was sie vorhatten. Es waren vielleicht so fünf oder sechs. Und in dem Moment wünschte ich mir nichts anderes, als dass sie ihn fertigmachten. Aber es passierte was anderes. Je näher sie Hawaii-Hemd kamen, desto unentschlossener wurden sie. Es war, als ob sie riechen konnten, dass man sich mit ihm besser nicht anlegt. Auch nicht zu fünft oder zu sechst. Dass er ein Killer war. Einer nach dem anderen verschwand wieder im Dunkeln und bevor noch überhaupt einer den Lichtkegel betrat, hatten sie sich aufgelöst. In alle vier Winde verpisst. Wie scheiß Nebel in der Sonne. Und Hawaii-Hemd hatte noch nicht mal etwas gemerkt.

»Okay. Planänderung«, sagte Ismail. »Wir fahren zu mir und warten dort.«

NEVER BRING A KNIFE TO A GUNFIGHT

Ein anderer Grund, warum ich angefangen hab, von meiner Nachbarin Gita zu erzählen, ist, dass ich ihr gesagt hab, was ich schreibe. Sie war sofort interessiert und wollte es lesen. Ich dachte, was solls. Immerhin kennt sie sich ja aus mit Literatur. Also hab ich es ihr gegeben. Wenn hier also irgendwas gut formuliert ist, war das wahrscheinlich Gita und nicht ich. Sie setzte sich sofort an den Tisch in ihrer kleinen Wohnung und las. Und las und las. Ohne etwas zu sagen. War natürlich ein bisschen langweilig für mich. Irgendwann ging ich ans Fenster und beobachtete die Straße. Ein paar Krähen saßen auf dem grünen Mittelstreifen. Sie hatten die Tauben vertrieben. Zähe kleine Bastarde, diese Krähen. Schlau und ausdauernd. Mit einem riesigen Überlebenswillen. Dann sagte ich Gita, ich komme später wieder und sie machte nur so eine Handbewegung, dass es okay wäre.

Es dauerte lange. Ich goss in der Zwischenzeit die Blumen, machte einen Tee und beobachtete ab und zu die Krähen. Fragte mich, wie sie es wohl geschafft hatten, die Tauben zu vertreiben. Ob sie einfach schlauer und stärker waren? Oder ob die Tauben eine bessere Straße mit mehr Futter gefunden hatten? Und sich dachten, lassen wir diese Straße halt den scheiß Krähen. Ich ging ins Internet und schaute das mal nach. Da tobte ein Kampf zwischen Taubenfreunden und Krähenfreunden. Aber insgesamt waren sich alle einig. Die Tauben waren größer und stärker, auch wenn Krähen sehr spitze Schnäbel hatten, aber die Krähen waren intelligenter, konnten ihre nächsten Angriffe strategisch planen. Nicht schlecht!

Irgendwann dann klingelte Gita. Endlich. Das Erste, was sie sagte, war: »Du brauchst eine Verfolgungsjagd.«

»Warum das denn, scheiße nochmal?«

»Na, schau dir doch Gangstergeschichten mal an. Da gibt es immer eine Verfolgungsjagd.«

Ich überlegte. Konnte mich nicht erinnern, in den Filmen, die ich kannte, gesehen zu haben, dass man unbedingt eine Verfolgungsjagd einbauen muss. In *Pulp Fiction* gab es keine. Obwohl ... Die kurze Szene, in der Marsellus Wallace Butch Coolidge verfolgt. Na gut.

Ismails Wohnung war im obersten Stock eines Hauses, das so aussah, wie alle anderen Häuser in der Straße auch. Es gab keinen Aufzug. Schon wieder nicht. Dauerte ewig, bis wir oben waren. Die Wohnung war klein. Und ich hab ja schon gesagt, dass sie voll mit Kram aus der Türkei war. Ich setzte mich aufs Sofa und dachte, ich muss mich zusammenreißen, um nicht wegzukippen. Ich war scheiß müde. Reiß dich zusammen Cheyenne. Du bist ... ach, das mit dem Kriegerinnenscheiß ist auch irgendwie blöde. Auch wenn Oma das immer nett gemeint hat. Jedenfalls musste ich mich sehr konzentrieren, wollte ich nicht sofort einschlafen.

Ismail kam aus der kleinen Küche und drückte mir eine Tasse in die Hand. Mokka. Ferhat nahm eine Flasche Schnaps aus dem Regal. Dem fiel auch nichts besseres ein. Recht hatte er. Ich trank den Mokka und verbrannte mir beinahe die Lippen. Tat aber trotzdem scheiß gut. Und plötzlich bekam ich so ein wohliges Gefühl. Als ob bald alles ausgestanden wäre. Hätte doch wirklich schlimmer sein können. Ich wartete einfach hier ein paar Stunden. Das Hawaii-Hemd konnte ja nicht ewig den Eingang des Bahnhofs bewachen. Ich würde mich dann einfach im Berufsverkehr verstecken und den Zug nach Schwarzstetten nehmen. Vom Bahnhof aus würde ich dann direkt zur Pizzeria von Oma gehen, Bimbashi den Koffer übergeben und alles wäre wieder in Ordnung.

Irgendwann merkte ich, dass ich doch eingeschlafen sein musste. Die Balkontür war geöffnet. Ich hörte Vogelgezwitscher. Und es war hell. Endlich. Aber da war noch ein Geräusch vom Balkon. Ferhat saß dort in einem Liegestuhl und schnarchte. Ich weckte ihn nicht, sondern suchte eine Uhr. Dabei fiel mir auf, dass auch Ismail schlief. Saß in einem Sessel und sah sehr friedlich aus. In der Küche fand ich, was ich suchte. Es war kurz vor sieben. Ich überlegte. Und dann beschloss ich, dass ich doch eine scheiß Kriegerin war oder ich wollte nur, dass die Sache endlich zu Ende war. Jedenfalls schrieb ich den beiden eine Nachricht, dankte ihnen für alles, schrieb ihnen meine Telefonnummer auf, obwohl ich ja mein Handy verloren hatte, also schrieb ich auch die Adresse dazu. Dann nahm ich den Koffer und verließ die Wohnung leise.

Also schon wieder durch ein Treppenhaus. Aber diesmal bekam ich nichts. Keinen Schwindel oder so. Auch wenn ich kurz drüber nachdenken musste. Aber als ich anfing, die Treppen runterzusteigen, hörte ich, wie unten jemand hochkam. Das lenkte mich ab. Ich dachte, bin lieber vorsichtig, also hielt ich an und schaute in der Mitte das Treppenhaus runter. Die Treppen zogen sich am Rand entlang und man konnte direkt bis auf den Boden vom Erdgeschoss gucken. Jemand war ungefähr in der Mitte des zweiten Stocks, aber ich konnte nichts Genaues erkennen. Jetzt hielt die Person an, und dann passierten plötzlich wieder mehrere Sachen fast gleichzeitig. Das Erste war, dass unten die Person nach oben guckte, mich direkt an, ins Gesicht. Das Nächste war, dass ich zurückzuckte, denn es war Hawaii-Hemd, der da die Treppe hochkam. Unverkennbar! Dann packte ich den Koffer und rannte. Zuerst rannte ich zur Wohnung von Ismail, aber dann dachte ich: Nein, ich will nicht nochmal das Gleiche erleben, wie mit Tuncer und Mark. Also rannte ich weiter. Was ich auch dachte, war, wie zum Teufel hat der mich eigentlich gefunden? Er musste uns doch am Bahnhof gesehen haben und uns gefolgt sein. Da war eine kleine Luke, die zu einer Tür führte. Sie war nicht verschlossen und dann war ich plötzlich auf dem Dach. Es war ein Dach wie in einem Hollywoodfilm. Flach. Mit ein paar großen Rohren aus Blech, die aus dem Boden kamen, wahrscheinlich zur Belüftung. Es gab nirgends was, hinter dem ich mich verstecken konnte.

In Filmen hätte ich jetzt eine Holzlatte oder irgendwas nehmen können, um die Luke zu verriegeln. Aber da war nichts. Und fünf Sekunden später stand Hawaii-Hemd da, wo eben noch nichts war. Im Eingang der Luke.

Glotzte mich an und alles, was ich sagen konnte, war: »Wie hast du mich gefunden?«

Und er wischte sich nur mit der Hand über die Stirn. War wohl ins Schwitzen geraten vom Rennen. Und sagte: »Ich würd dich immer und überall finden, solange du den Koffer hast.« Komische Antwort. Dann zog er sein Messer und seine Pistole.

»Also, gib mir den Koffer oder du sprichst mit Captain oder Morgan oder beiden.«

Ich ging rückwärts. Er langsam auf mich zu.

»Warum zum Teufel nennst du sie Captain und Morgan?« Hab das gefragt, weil mir nichts besseres einfiel. Vielleicht wollte ich ihn auch ablenken. Als ob das möglich gewesen wäre. Oder es interessierte mich wirklich. Jedenfalls auch interessant, in einem Augenblick, in dem ich wirklich scheiß Todesangst haben sollte, wenn nicht jetzt, wann sonst, hatte ich keine. In dem Moment hatte ich überhaupt keine Gefühle mehr. Und das blieb noch eine ganze Weile so. Vielleicht weil mein Gehirn inzwischen gelangweilt war und keinen Bock mehr hatte, wieder irgendwas auszuschütten, was dann die Todesangst brachte. Oder es hatte einfach so was nicht mehr. War alles schon ausgegeben worden vorher. Gehirn: Ich würd ja gerne was ausschütten, aber wir sind scheiß pleite. Die Fässer mit Todesangstchemikalie sind leer. Ist nachbestellt. Aber dauert halt.

Was aber noch funktionierte, war mein Körper. Auf den war Verlass. Ich merkte plötzlich was, hinten an meiner Hüfte. Eine Mauer. War also am Rand vom Dach angekommen. Und Hawaii-Hemd mir immer hinterher. Jetzt war er bei den Rohren.

»Hey, Fickfresse!« Das hatte nicht ich gerufen, sondern eine sehr bekannte Stimme, die von der Luke kam. Bunte Klamotten. Dreadlocks. Ihr wisst Bescheid.

Hawaii-Hemd drehte sich um, aber da flog schon das Butterfly. Nagelte seine Hand mit Captain oder Morgan, jedenfalls mit dem Messer, an das Blechrohr. Aber mit der anderen Hand schoss er. Und Kim ging zu Boden. Hawaii-Hemd fluchte, legte seine Knarre neben sich und versuchte, die andere Hand wieder freizukriegen. Aber das war wohl schwierig. Jedenfalls zog er und zog. Und nichts passierte. Ich rannte auf ihn zu. Bevor er noch was merkte, kickte ich die Pistole weg und schlug ihm den Koffer auf den Kopf. Und dann nochmal. Und nochmal. Keine Ahnung, wie oft. Aber irgendwann hörte ich auf. Und er lag ganz still. Die Hand immer noch ans Rohr genagelt, mit dem Butterfly mitten durch. Dann ging ich zu Kim. Sie lebte. Guckte mich an.

Ich fragte sie: »Und jetzt mischst du dich also doch ein, oder was? Dachte, du bist nur so ne scheiß stille Beobachterin?«

»Die Situation hat sich halt geändert, Schwester. Dieses Arschgesicht hätte Harold nicht umbringen dürfen. Er war mein Partner. Hab zu spät reagiert. Als ich in die Lagerhalle kam, war er schon tot. Und unser Freund Pimmelkopf schon weg. Dir hinterher. Das hab ich dann auch gemacht. Dachte, wenn ich dich finde, finde ich ihn auch.«

»Und wie hast du mich gefunden?«

Sie grinste, mit ihren unheimlichen weißen Zähnen.

»Ich weiß, wie man Leute findet, Schwester.«

Ich setzte mich auf den Boden. Brauchte mal ne Pause.

»Ist er tot?«, fragte Kim.

»Keine Ahnung. Hab nicht nachgeschaut.«

»Ich hätte ihn gleich erledigen sollen. Ich wollte ihn aber lebend haben und mich für Harold rächen. Und dann hab ich auch noch auf die falsche Hand gezielt. Fuck!«

»Never bring a knife to a gunfight«, war alles, was ich sagte.

Sie atmete schwer.

»Wie schlimm ist es?«, fragte ich.

»Ich glaub nicht, dass ich gehen kann. Aber ich brauche bald einen Arzt, sonst werd ich krepieren.« Sie machte eine Pause. Dann: »Also, ich sag dir jetzt, wie wir das machen, Cheyenne.«

Déjà-vu.

»Du hast Tuncer und Mark umgebracht«, sagte ich.

Wir schauten uns an. Direkt in die Augen. Nach ein paar Sekunden:

»Also was ist jetzt? Hilfst du mir?«

KRAMPF UND STOLPERN

Sie war leicht. Scheiß federleicht. Vielleicht wog sie sogar weniger als ich. War jedenfalls kein Problem, Kim Huckepack zu tragen und noch den Koffer in der Hand zu halten. Bei den Treppen wurde mir nicht schwindlig. Ich sag ja, mein Gehirn hatte alles an Chemikalien schon verschossen. Oder es war einfach abgelenkt. Als ich Harold gestützt hatte, war mir ja auch nicht schwindlig geworden. Ach, was weiß ich! Psyche ist ne komplizierte Sache. Ich hatte mal was mit nem Psychologiestudenten. Muss in Paris gewesen sein. Oder in Nizza. Ich weiß nicht mehr. Jedenfalls war das keine lange Beziehung. Der ging mir schnell sehr auf die Nerven. Redete ständig. Und dann immer abgehobenes Zeugs. Bisschen wie Thorben. Aber weil es nicht um Filme ging, interessierte es mich nicht.

»Hörst du nicht, Cheyenne?« Merkte plötzlich, dass mir Kim ins Ohr brüllte.

»Nein. Was denn?«

»Ich hab gefragt, was Harold als Letztes gesagt hat. Ich meine … bevor er … Du weißt schon.«

Und schon hatte ich wieder das Summen der Kettensäge im Ohr. Und sah Tony Montanas Gesicht.

»Aha. Die Killerin hat plötzlich Gefühle. Warst du mit Harold zusammen oder sowas?«

»Nein. Waren wir nicht. Geht dich außerdem einen Scheißdreck an. Aber wir haben zusammen Dinge durchgestanden, die kann sich niemand ausdenken. Wir waren schon Partner, bevor wir für Luan gearbeitet haben.«

»Bist du auch aus den USA?«

»Nein. Wer ist denn aus den USA?«

»Na, Harold und seine Eltern. Oder besser seine Mutter. Sein Vater kam aus dem Iran.«

»Das wusste ich nicht. Unsere Beziehung war rein beruflich. Trotzdem, wenn du so lange mit jemandem zusammenarbeitest, willst du schon wissen, was er gesagt hat, bevor er krepiert ist.«

»Gott, bist du kaputt!«

»Werd nicht unverschämt. Nur weil ich im Moment hilflos bin, heißt das nicht, du kannst mit mir reden, wie du willst, Schwester.«

»Ich rette dir gerade dein scheiß Leben und red wie ich will. Aber zu deiner Frage. Er hat gesagt, er wollte eigentlich nie Profikiller werden, sondern Wrestler.«

Kim lachte. Das heißt, sie versuchte es. Aber es kam so eine Mischung aus Husten und Schluckauf aus ihr raus. Dann sagte sie: »Fuck! Lachen tut scheiß weh! Ach Harold, das passt irgendwie zu ihm. Er ist, nein, war einfach ein Traumtänzer.«

»Ach! Und du wolltest immer schon Profikillerin werden?«

»Nein. Aber ich bin realistisch. In ein paar Jahren, wenn ich genug Geld beisammenhabe, dann hör ich auf und eröffne ein Yogastudio.«

»Was?«

»Nix da, was? Ich bin ausgebildete Yogalehrerin, Schwester. Ich hab sogar ein Zertifikat und war ein halbes Jahr im Ashram in Pune.«

Ich sagte nichts dazu und nach ein paar Momenten: »Du sagst ja gar nichts?«

»Mir fällt einfach nichts dazu ein.«

Plötzlich war ein furchtbares Brüllen zu hören. Hörte man durchs ganze Treppenhaus. Kam von oben. Hawaii-Hemd war am Leben und wollte Rache. Ich sah ihn aus den Augenwinkeln oben die Treppe runterlaufen, nein -rennen, oder besser -rasen, -springen.

»Scheiße, renn um dein Leben, Cheyenne!«, flüsterte Kim mir ins Ohr. Ich tat, was ich konnte, aber es war eben scheiß schwer, ein bisschen was wog Kim ja nun mal auch und Hawaii-Hemd war unglaublich schnell. Das Brüllen kam immer näher. Musste alle Leute im Haus aufwecken. Aber im Treppenhaus sah man keinen. Vielleicht riefen sie auch einfach die Polizei, weil sie Angst hatten. Keine Ahnung. Ferhat und Ismail mussten das auch hören. Ganz Frankfurt musste es hören, dachte ich. Und rüber bis nach Wiesbaden und Mainz.

Gerade als ich unten war, nach der letzten Stufe, kriegte ich plötzlich einen Krampf im Bein. Rechte Wade, oben. Als hätte mir jemand da reingeschossen. Aber es war kein Schuss gefallen. Ich knickte rechts ein und Kim schrie und fiel von meinem Rücken. Ich packte sie an der Hand und schleifte sie hinter mir her. Humpelte zum Ausgang. Aber da war Hawaii-Hemd. Oben an der letzten Treppe und schrie: »Ihr seid sowas von tot!« Er hatte seine Pistole, also Captain oder Morgan, in der Hand und rannte, oder sprang die letzten Stufen runter, aber irgendwie schien er im Sprung hängenzubleiben. Er stolperte über seine eigenen Beine und fiel lang auf den Boden am Fuß der Treppe. Fast gleichzeitig hörte man einen Schuss. Hatte sich wohl beim Sturz gelöst. Und Hawaii-Hemd hatte sich selbst ins Gesicht geschossen! Sah jedenfalls so aus.

Da lag er! Und ein Ohr hing halb daneben. Ich half Kim auf, nahm sie wieder Huckepack, dann den Koffer und humpelte auf die Straße. Weg!

MANCHMAL KOMMEN SIE WIEDER

Als wir draußen waren, fiel mir plötzlich auf, dass es scheiß belebt war. Klar, war auch Montagmorgen und die meisten Leute mussten arbeiten. Ich hatte keine Ahnung, wie spät es war, aber das war auch nicht so wichtig. Leute gingen vorüber und glotzten uns an, aber keiner hielt oder fragte etwas. Schien auch keiner den Schuss gehört zu haben. Was sollte man auch eine junge Frau fragen, die eine andere, ältere Frau Huckepack trug und am helllichten Tag auf dem Bürgersteig stand? Andererseits zückte auch keiner sein Handy und rief die Polizei oder so was. Warum auch? Die Leute in Frankfurt waren eben gewohnt, dass überall Bekloppte rumliefen.

Trotzdem musste irgendwas passieren. Ich konnte Kim ja schlecht auf dem Rücken zum Bahnhof schleppen. Also ging ich mit ihr in eine kleine Seitengasse und setzte sie an einer Hauswand ab.

Kim nahm ihr Handy aus der Tasche ihrer weiten Pumphose und tippte etwas. Dann hielt sie es mir hin und ich fragte nur: »Code 143?«

Also telefonierte ich zum zweiten Mal in dieser Nacht oder an diesem Tag (wer will das schon groß unterscheiden?) mit der Frau von Firma Walter & Söhne. Diesmal wurde mir gesagt, ich soll mich kurz gedulden. Es würde nicht lange dauern.

Und sie hatte nicht gelogen. Nach nur zehn Minuten kam ein Auto, hielt direkt neben uns in der engen Gasse und die Tür ging auf.

»Pottschnitt!«, rief ich. Keine Ahnung, warum, aber ich freute mich wirklich, ihn zu sehen. Vielleicht weil ich total übermüdet und durch war. Da stand er. Diesmal hatte er einen khakifarbenen Overall an. Wie hatte er sich bloß in der Zeit umgezogen? Und warum?

Er guckte mich nur komisch an und fragte: »Kennen wir uns?«

Ich war ein bisschen enttäuscht. »Ja. Lagerhalle. Vor ein paar Stunden.«

Aber er hörte überhaupt nicht zu, ging zu Kim und fing an, sie zu untersuchen.

Ich lehnte mich auch an die Wand und guckte in den Himmel. Da stand wieder die Sonne. Als wäre nichts passiert in dieser Nacht. Aber so ist es wohl. Menschen werden geboren und sterben und alles geht weiter. Tag folgt auf Tag, Nacht auf Nacht, die Sonne geht auf und unter. Alles völlig egal. Ziemlich frustrierend, wenn man mal darüber nachdachte.

Pottschnitts Untersuchung dauerte nur ein paar Minuten. Dann sagte er: »Okay. Ich muss sie mitnehmen. Sonst wird sie sterben.« Es hörte sich an, als würde er über irgendeine Nebensache reden. Was er zum Frühstück hatte oder wie das Wetter im Urlaub war. Trotzdem war ich erleichtert.

»Gut. Fahren wir nach Schwarzstetten oder wohin?«

»Wieso wir? Ich habe nur von ihr geredet.« Er zeigte auf Kim.

»Willst du mich verarschen? Nimm mich mit.«

»Sorry!«, meinte er mit gleichgültigem Gesichtsausdruck. »Das kann ich nicht machen. Du bist dann nicht versichert.«

Mein Gehirn, das ja sowieso nicht richtig funktionierte, schaltete sich komplett aus. Mir stand der Mund offen. Minutenlang gefühlt. Nur so kann ich mir erklären, dass ich gar nicht reagierte, bei dem, was als nächstes passierte.

Denn plötzlich zuckte Pottschnitt zusammen, als wäre er überrascht oder ihm wäre gerade was eingefallen. Dann guckte er an sich runter. Starrte direkt auf seine Brust. Dann zuckte er wieder und etwas, irgendeine unsichtbare Kraft, schleuderte ihn an die Mauer, wo er liegenblieb. Und an seiner Stelle stand plötzlich Hawaii-Hemd da. Er musste Pottschnitt sein Messer, also Captain oder Morgan, von hinten in den Rücken gerammt und es wieder rausgezogen haben. Jedenfalls hielt er es jetzt in der Hand. Es blutete. Und Hawaii-Hemd sah wie tot aus. Sein ganzes Gesicht war voller Blut und sein Ohr hing halb daneben. Seine Augen sahen aus wie ... Also ich hab einen solchen Ausdruck noch nie davor und nie wieder danach gesehen. Er war völlig irre. Machte einen Schritt auf mich zu. Da funktionierte mein Körper plötzlich wieder und ich rannte um das Auto von Pottschnitt rum. Hemdchen mir hinterher. Als würden wir Fangen spielen. Und ich weiß nicht wie, aber ich schaffte es auf der Fahrerseite die Tür aufzureißen, einzusteigen und den Zündschlüssel, den Pottschnitt hatte stecken lassen, umzudrehen. Dann gab ich Gas, aber ich fuhr rückwärts. Bremste. Hawaii-Hemd keuchte und stand drei Meter vor dem Auto. Erster Gang. Ich gab Gas und erwischte ihn, dass er in hohem Bogen auch an die Mauer fiel und dann liegenblieb. Ich fuhr aus dieser Seitengasse raus. Gab weiter Gas. Und landete vor der nächsten Laterne.

Schon mal ohne Führerschein und Fahrstunden Auto gefahren? Ich hatte irgendwann ein paar YouTube-Videos geschaut. Wusste deswegen, wie man einen Gang einlegt und Gas gibt. Aber das mit dem Lenken und alles andere war eben schwierig, wenn man es nie wirklich gemacht hat. Also stieg ich wieder aus. Und da sah ich plötzlich am Eingang vom Haus Ferhat und Ismail. Sie winkten mir zu. Kamen rüber. Stützten mich unter und sagten: »Es wird hier gleich vor Polizei nur so wimmeln. Komm, wir schaffen dich weg.«

»Wir müssen Kim holen«, rief ich nur.

Also nochmal zurück in die Gasse. An der Mauer lagen sie alle. Hawaii-Hemd, Pottschnitt und Kim. Alle außer ihr sahen ziemlich tot aus. Ferhat nahm Kim auf den Rücken und dann zurück zum Auto. Kim und ich auf den Rücksitz, die beiden vorne. Ismail warf den Motor an, setzte den Wagen von der Laterne zurück und dann fuhren wir weg.

VAMPIRE

Wir fuhren kreuz und quer durch Frankfurt. Schon wieder. Keiner von uns redete groß irgendwas. Kim sah nicht gut aus. Ich hatte nicht viel für sie übrig, aber es waren wirklich schon genug Leute in dieser Nacht gestorben. Es reichte langsam. Und nur wegen dem scheiß Koffer. Ich hatte ihn immer noch in der Hand. War wie mit mir verwachsen.

Nach einiger Zeit hielt Ismail in einer Seitengasse.

»Hier wohnt ein Freund von mir. Er hat ein Auto, das er uns bestimmt leiht. Damit bringen wir euch, wohin ihr wollt. Diesen Wagen können wir nicht nehmen. Ein paar der Passanten haben mit Sicherheit Fotos gemacht.«

»Ich will nur noch nach Schwarzstetten. Zur Pizzeria von meiner Oma.«

»Das kriegen wir hin«, meinte Ferhat.

Ismail stieg aus und in der kurzen Wartezeit fragte mich Ferhat über Kim aus.

»Wer ist das überhaupt? Eine Freundin?«

Ich musste lachen. Nein. Sicher nicht. Bei Freundin musste ich an Bella denken. Ich fragte mich, ob es ihr gut ging. Und ob Kowalski nicht gelogen hatte.

So wie es aussah, würde ich das sehr bald erfahren.

»Sagen wir einfach, es ist jemand, der nicht auch noch sterben soll.«

»Verstehe!«

Bald kam Ismail und meinte, es sei alles geklärt, wir könnten uns das Auto leihen. Also stiegen wir in einen schwarzen Wagen um. Ich erinner mich nicht mehr, welche Marke. Ich weiß nur noch, dass auch die Scheiben getönt waren.

Dann ging alles ganz schnell. Wir fuhren durch Frankfurt und waren bald auf der Autobahn Richtung Schwarzstetten, diesem herrlichen Kaff!

Ich guckte mir die Landschaft an. Durch die getönte Scheibe. Da die Hochhäuser von Frankfurt, andere Seite leuchtete wieder der Taunus. Alles war dunkel und plötzlich hatte ich das Gefühl, ich würd in einem Sarg fahren. Ein schwarzer Sarg mit getönten Scheiben. Und man konnte rausgucken. Kim lag auf dem Rücksitz und hatte die Beine über meinen Schoss gelegt. Augen geschlossen. Ich hoffte, sie würde durchhalten.

Um mich abzulenken, versuchte ich wieder an Filme zu denken. Sarg gleich Vampir. Also welcher war der beste Vampirfilm, den ich gesehen hatte? Das war nicht einfach.

From dusk till Dawn schied schon mal aus. Das war ja eher ein Genremix. Sorry, Quentin. Vielleicht was von John Carpenter? Aber *Vampires* war eigentlich auch halb Western. Außerdem mochte ich den Film nicht. Also eher ein Klassiker? F.W. Murnau? *Nosferatu* hab ich geliebt. Auch das Remake von Werner Herzog. Kinski war vielleicht ein Arschloch und Triebtäter, aber spielen konnte er. Doch es musste noch was anderes geben. Der Film ist ja auch schon hundert Jahre alt oder so. Vielleicht war es einfacher, wenn man überlegte, welcher der schlechteste war. Also Leslie Nielsen in *Dracula – tot aber glücklich*. Wobei *Lesbian Vampire Killers* dem schon ordentlich Konkurrenz machte. Das machte Spaß. Ich musste kichern. Gott sei Dank hörten das Ferhat und Ismail nicht. Die würden sonst denken, ich wäre bekloppt. *Planet der Vampire*? Der war so trashig, dass er fast schon wieder gut war. Also, das war genau so schwierig, wie den besten zu finden.

Blade mochte ich nicht. Wesley Snipes war zu prollig. *Bram*

Stoker's Dracula fand ich zu langweilig. *Interview mit einem Vampir?* Also bitte! Softpornos hab ich nie verstanden. Am Ende fiel mir nur ein Film ein, den ich wirklich gut fand: *So finster die Nacht*.

So saß ich damals in dem Sargauto und dachte über Vampirfilme nach. Und heute sitz ich hier in der Wohnung von Gita und lass sie weiterlesen, was ich geschrieben hab.

Als sie fertig ist, legt sie ihr Smartphone zur Seite und schaut aus dem Fenster.

»Und? Wie findest du es?«, frage ich.

»Die Verfolgungsjagd finde ich ganz gut. Aber sie ist noch nicht zu Ende, oder?«

»Nein.«

»Hab ich mir gedacht. Aber ich muss gerade über etwas anderes nachdenken. Über die Vampirfilme.«

»Warum?«

»Ich kenn mich damit nicht so gut aus. Als ich jung war, gab es manchmal in Herat private Kinovorstellungen. Irgendwelche Raubkopien, von Filmen, die verboten waren. Später dann in Europa bin ich ein paar Mal ins Kino gegangen und hab mal einen Film aus der Videothek ausgeliehen. Ich erinnere mich auch, dass ich mal den ein- oder anderen Vampirfilm gesehen habe. Vampire sind unsterblich, oder?«

»Na ja, du kannst sie schon töten. Mit einem Holzpflock oder Sonnenlicht, manchmal auch mit Knoblauch. Kommt drauf an, welchen Film du schaust. Aber sie werden nicht älter und sterben also dann auch nicht.«

»Also sind sie auch Flüchtlinge, die vor ihrem Leben davonlaufen, so wie ich vor meinem Leben in Afghanistan. Nur dass sie in die Unsterblichkeit fliehen. Ich denke, wenn ich die Chance gehabt hätte, wäre ich auch ein Vampir geworden.«

Darüber muss ich nachdenken.

DAS MASSAKER IN DER PIZZERIA TIRANA

Irgendwann wurde die Tür aufgerissen und jemand packte mich an den Schultern und zog mich ins Sonnenlicht. Musste die Augen zukneifen. War scheißhell. Dachte, gleich zerfall ich zu Staub. Ein riesiger Schatten hatte mich gepackt. Als ich mich an das Licht gewöhnt hatte, sah ich in ein Betongesicht. Avni. Ich umarmte ihn und fing an zu heulen. Die Chemie in meinem Körper funktionierte also langsam wieder. Avni brummte irgendwas auf Albanisch. Er trug mich in die Pizzeria. Aus dem Augenwinkel sah ich, dass Adnan Kim raushob. Dann sah ich Oma. Und das tat so scheißgut, dass ich fast schon wieder heulen musste, oder immer noch.

Die nächsten Stunden oder vielleicht war es auch weniger, keine Ahnung, waren die besten, die ich seit langem hatte. Kenan machte mir Spaghetti mit Miesmuscheln, eine doppelte Portion. Oma redete auf mich ein und schaute mich immer wieder an, als könnte sie es kaum fassen. Sie sah scheiß stolz aus. Bella kam und redete noch mehr als Oma auf mich ein. Es war fantastisch, sie zu sehen. Also hier in der Kurzform die ganze Geschichte aus ihrer und der Sicht meiner Oma.

Kowalski hatte nicht gelogen. Bella war wirklich direkt in seine Arme gelaufen, als wir uns an der Lagerhalle getrennt hatten. Aber was er mir nicht gesagt hatte, war, dass er sie nicht sofort gehen ließ. Er fragte sie nach dem Koffer, drohte ihr, so wie er es mit mir gemacht hatte. Der Bastard! Bella war total drüber, erzählte sie und er kriegte nichts aus ihr raus, selbst wenn sie gewollt hätte. Konnte einfach nichts sagen. Als Kowalski das klar wurde, ließ er sie gehen. Bella suchte sich selbst den Weg zum Bahnhof. Dauerte ewig. Und als sie endlich da war, sah sie dort Hawaii-Hemd. Aber Bella war nicht blöd. Sie nahm sich ein Taxi, sagte, sie wollte nach Schwarzstetten zur Pizzeria Roma und zählte drauf, dass Oma bezahlen würde. So passierte es auch. Oma kümmerte sich dann drum, dass Bella nach Hause zu ihrer Mutter kam. Die war nicht da. Hatte Nachtschicht. Was gut war, denn so musste Bella keine lästigen Fragen beantworten.

Oma sagte, sie hatte die ganze Nacht kein Auge zugemacht. Sie durfte mir nicht helfen. Nicht anrufen, nicht schreiben. Nichts. Das waren die scheiß Regeln von Luan Bimbashi. Was irgendwann sowieso egal war, weil ich ja mein Handy verloren hatte. Aber sie hielt Kontakt zu Pottschnitt, den sie anscheinend gut kannte. Und sagte ihm, dass er uns Mut machen sollte. Da brach es aus mir raus, dass Pottschnitt wahrscheinlich tot war.

Oma nickte nur: »Ich hab schon davon gehört. Meine Kontakte in Frankfurt haben mich über alles informiert. Es tut mir leid. Aber er kannte das Risiko. Du hast da ja ein ganz schönes Chaos angerichtet. Aber keine Sorge. Das wird alles geregelt. Wichtig ist, dass du den Koffer hergebracht hast.«

Gerade wollte ich Oma nach Hawaii-Hemd und seiner Leiche fragen, aber da kamen Ismail und Ferhat an unseren Tisch. Wollten sich verabschieden. Doch davor redeten sie lange mit Oma. Nicht nur über die Nacht und Frankfurt. Sie redeten auch über Kommunismus. Aber ich hörte nicht richtig hin. Als sie fertig waren, setzten sie sich kurz zu mir. Ich wusste nicht, was ich sagen sollte. Sie hatten mein scheiß Leben gerettet und ich hoffte, dass ich ihnen das irgendwann zurückgeben konnte. Sie meinten, das sei schon in Ordnung. Meine Oma hätte sich erkenntlich gezeigt, außerdem würden sie gern sozialistischen Brüdern und Schwestern helfen. Dann standen sie auf, hoben den Arm, machten eine Faust und sagten zum Abschied: »Freundschaft!« Und weg waren sie. Tja, so ist es wohl. Wie hatte Oma mal gesagt? »Es gibt Leute, die sind so nett, dass man es kaum glauben kann.« So oder ähnlich.

»Was passiert jetzt als Nächstes?«, fragte ich Oma.

»Als Nächstes geben wir Luan seinen Koffer. Er wird bald hier sein.«

»Wo ist Kim?«

»Sie liegt hinten in der Küche. Sie will nicht ins Krankenhaus. Aber wir helfen ihr, so gut wir können.«

Ich muss noch was über Gewalt erzählen. Etwas, das mir gerade einfällt und das ich noch nicht geschrieben hab. Ich hab ja gesagt, es gibt Gewalt, die man gerne sieht, weil es eine Rachegeschichte ist. Vielleicht gilt das aber noch mehr bei einer Rachefantasie. Ich meine, ich bin ja nicht so wahnsinnig gebildet, aber sogar ich weiß, dass in der Geschichte Menschen anderen Menschen furchtbare Dinge angetan haben, und zwar nicht im Film, sondern in der Realität. Also die ganze Sache mit den Sklaven in Amerika zum Beispiel oder was die Weißen mit den Indigenen gemacht haben und die Nazis mit den Juden. Jedenfalls alle wissen es und keiner kann da irgendwas wieder gut machen. Aber man wird ja noch Fantasien haben dürfen. Quentin wusste das. Darum hat er auch in *Inglourious Basterds* den Bärenjuden Donowitz und Omar Hitler und Goebbels erschießen lassen und in *Once upon a time in Hollywood* hat er Brad Pitt und Leonardo di Caprio die Manson-Familie abschlachten lassen. Gerade, weil alle wissen, dass in Wahrheit die Kartoffel-Nazis zig Millionen Juden umgebracht haben und die Manson-Familie Sharon Tate und ihr ungeborenes Baby gefoltert und getötet hat, tut es vielleicht so gut, die Hurensöhne leiden zu sehen. Das Schlimmste, was man einem Film antun kann, ist, im Vorspann einzublenden, dass er »auf wahren Begebenheiten« basiert.

Als Bimbashi kam, merkte ich es wieder ein bisschen früher, wie damals, als ich ihn zum ersten Mal gesehen hatte. Die Luft wurde irgendwie kälter. War wahrscheinlich nur Einbildung. Dann kam er rein. Mit ihm waren drei oder vier Leute, die ich noch nie vorher gesehen hatte. Irgendwelche Gangster, dachte ich noch.

Als er mich sah, grinste er. Diesmal erinnerte er mich nicht an Michael Madsen, sondern an David Carradine.

»Hast es also geschafft, Mädchen!«, sagte er. »Hätte ich nicht gedacht. Aber Bravo!«

Oma gab ihm den Koffer.

»Ich hoffe, damit ist alles geklärt«, sagte sie.

»Ich denke schon«, antwortete Bimbashi. »Nur eine Sache noch: Hast du dich nie gefragt, was eigentlich in dem Koffer ist?«, fragte er mich.

Hab dann gelogen.

»Nein. Geht mich auch nichts an.«

»Pass auf. Ich zeig es dir.« Er stellte ihn auf einen Tisch und machte ihn auf. Ließ alle das Schwert sehen und meinte dann: »Das ist die Kopie eines Hattori-Hanzo-Schwertes. Ich bin nun mal ein kleiner Filmfreak und wollte unbedingt das Schwert aus *Kill Bill* haben.«

»Einen Moment. Was meinen Sie mit Kopie?«, rief ich dazwischen.

»Na ja, eine Kopie eben. Nicht das Original. Da komme ich leider nicht ran.«

»Sie meinen, Sie haben uns den ganzen Scheiß für eine Kopie machen lassen?«

»Es ging nie um den Inhalt des Koffers«, sagte Bimbashi. »Es ging ums Prinzip. Niemand bestiehlt mich. Und wer das tut, muss die Konsequenzen tragen.«

Ein paar Sekunden nachdem Bimbashi das gesagt hatte, merkte ich wie meine Eckzähne immer länger und schärfer wurden. Und dann sprang ich über den Tisch weg und Bimbashi direkt an die Kehle, riss sie ihm auf. Das Blut spritzte. Seine Leute zogen ihre Knarren, aber ich war schneller. Dem Ersten riss ich den Kopf ab, dem zweiten schlug ich den Schädel gegen eine der Säulen und damit es auch sicher war, noch zwei- dreimal gegen die Wand, bis ich nur noch blutigen Matsch in der Hand hatte. Der Dritte schoss auf mich, aber was interessiert eine Untote schon eine Kugel? Ich biss ihm einfach die Hand ab und verprügelte ihn damit. Steckte sie ihm in den Mund und ließ ihn daran ersticken. Der Vierte versuchte zu fliehen, aber ich flog zur Eingangstür, drehte mich in der Luft um und landete direkt vor ihm. Dann riss ich ihm mit meinen Händen, die zu Klauen geworden waren, den Brustkorb auf. Wühlte in seinen Eingeweiden und fraß sein Herz. Alle hatten dem Ganzen schockiert und irritiert zugeschaut. Oma starrte mich an. Was mochte sie jetzt wohl darüber denken, dass ihre Enkeltochter zur Vampirin geworden war? Aber plötzlich merkte ich, wie mir von hinten jemand etwas durch den Körper stieß. Ich drehte mich um und da sah ich Kim, die mir einen Holzpflock ins Herz getrieben hatte. Von hinten. Und während ich langsam zu Staub zerfiel, dachte ich noch, immerhin habe ich mich vorher gerächt.

»Es ging nie um den Inhalt des Koffers«, sagte Bimbashi. »Es ging ums Prinzip. Niemand bestiehlt mich. Und wer das tut, muss die Konsequenzen tragen.«

Nachdem er das gesagt hatte, ging plötzlich die Tür der Pizzeria auf. Und rein kam Hawaii-Hemd. Diesmal hatte er weder Captain noch Morgan in der Hand, stattdessen eine Schrotflinte. Er schoss den ersten von Bimbashis Leuten über den Haufen und dann ballerte er drauflos. Ich schaffte es, mich hinter einer Bank zu verstecken. Und machte die Augen zu. Man hörte nur noch Schüsse, Schreie, roch den Pulverdampf oder wie immer das heißt, nach was Schüsse riechen.

Als ich da so hinter der Bank hockte, fragte ich mich als erstes, wie viele Leben dieser beschissene Typ denn noch hatte? Dann dachte ich: Nein, du hast diese scheiß Nacht nicht überlebt, um jetzt hier zu krepieren. Ich machte die Augen auf! Nicht weit von mir lag Avni in seinem Blut. Es war absurd viel. Ein paar Bänke weiter war Adnan, der mit der Waffe in der Hand Schutz gesucht hatte. Sonst war nur überall Qualm und man konnte kaum noch richtig sehen. Dann hörte man ein Klicken und noch ein Klicken. Hawaii-Hemd war wohl die Munition ausgegangen. Adnan hörte es auch und sprang auf, was bei seiner Körpergröße ziemlich sportlich war. Er rannte in die Richtung von Hawaii-Hemd. Ich konnte nichts sehen. Hörte nur Stöhnen und Schreien. Dann sah ich plötzlich nicht weit von mir den Koffer. War bei dem Chaos irgendwie hierhergekommen. Er stand offen. Ich krabbelte schnell hin und zog ihn zu mir. Nahm das Samurai-Schwert raus. Es war zwar eine Kopie, aber scharf und hart.

Inzwischen war es wieder still geworden. Kein Schreien mehr. Dann hörte ich ihn: »Kleines, kleines Mädchen. Komm raus, wo immer du bist«, rief Hawaii-Hemd. »Es ist keiner mehr da, der dich beschützen kann, also gib mir den Koffer.«

Ich überlegte. Dann stand ich auf, den Koffer in der Hand. Was ich sah, war, dass niemand mehr stand, außer Hawaii-Hemd. In einer Ecke lag Oma. Bimbashi saß an einem Tisch und hatte ein Loch in der Brust. Der Kopf war auf die Seite gefallen. Ansonsten lagen überall Körper herum. Hawaii-Hemd hatte Captain und Morgan in den Händen und grinste mich an. Er sah ziemlich ramponiert aus. Das Hemd war voller Blut, das Ohr hing immer noch daneben. Aber er stand noch.

»Wie hast du mich gefunden?«, fragte ich ihn.

»Ich hab dir doch gesagt, so lange du den Koffer hast, werde ich dich immer finden.«

Ich gab ihn ihm. Und dann grinste Hawaii-Hemd ein Grinsen wie Blut und Scheiße, drehte sich um und wollte einfach gehen. Aber ich rief ihm hinterher:

»Hey, Hawaii-Hemd!« Er drehte sich um und in dem Augenblick warf ich das Schwert, das ich hinter meinem Rücken gehalten hatte, mit aller scheiß Kraft, die ich damals besaß, in seine Richtung. Hatte auf die Brust gezielt und da hätte das Schwert ihn auch getroffen. Aber er fing es einfach auf! In der Luft! Mit der Hand packte er die Klinge, als wäre es scheiß normal.

Dann schaute er einen Moment lang das Schwert an.

»Hey, Pimmelkopf!«

Da stand Kim. Oder besser: halb stand sie, halb stützte sie sich an die Wand. Aber sie war eben eine Killerin. Jedenfalls schaffte sie es, ihr Butterfly zu werfen. Zumindest dachte ich, dass es ihr Butterfly war, aber das war ja in Frankfurt geblieben. Später hörte ich, dass sie eins von Kenans Küchenmessern geworfen hatte. Eins mit denen er immer das Fleisch tranchierte. Diesmal hatte Kim besser gezielt. Das Messer blieb in Hawaii-Hemds Brust stecken. Da, wo ungefähr das Herz sein musste, falls Hawaii-Hemd sowas hatte. Er jedenfalls hatte noch genug Kraft, hob die Pistole und schoss Kim in den Kopf. Dann gingen beide zu Boden. Das heißt Hawaii-Hemd ging auf die Knie und blieb da.

Ich ging zu ihm. Langsam. Nahm ihm das Schwert ab, was nicht so einfach war. Es steckte halb in seiner Hand. Er guckte mich an, als hätte er eine Frage. Ich sagte nur: »Stirb endlich, du scheiß Bastard!«

Ich schlug mit dem Schwert auf ihn ein. Immer und immer wieder. Ich wollte ihm den Kopf abschneiden, aber ich war nicht stark genug. Er hing nur halb daneben. Eine scheiß blutige Angelegenheit!

Dann war endlich alles still. Cut!

DAS LEBEN NACH DEM TOD IN SCHWARZSTETTEN

Ich war wirklich eine Vampirin geworden. Ging nur noch nachts raus. Aber ich suchte keine Opfer. Wollte kein Blut. Davon hatte ich genug gesehen. Ich suchte nur Frieden. Doch eine Untote bekam keinen Frieden. Deshalb war sie ja untot.

Der Einzige, den ich in meiner Nähe ertragen konnte, war Troy. Er kümmerte sich um mich, wie ... na ja, wie ein großer Bruder eben. Kochte für mich, auch wenn er das nicht besonders gut konnte, machte die Wäsche und schaute manchmal mit mir zusammen einen Film.

Das Massaker in der Pizzeria hatten vier Leuten überlebt, mich mitgezählt. Bella, Kenan, Oma und ich. Bella war, als Hawaii-Hemd losballerte, in die Küche geflohen und zusammen mit Kenan aus dem Hinterausgang abgehauen. Oma hatte was von der Schrotflinte abbekommen. Aber es war nicht so schlimm. Sie konnte bald wieder laufen, wenn auch mit Stock. Ich sags ja. Sie war die härteste Frau, die ich kannte!

Ich glaube, Kowalski hätte mich gerne verhaftet, wahrscheinlich um überhaupt jemanden zu verhaften. Aber er hatte keine Beweise. Die Kontakte meiner Oma in Frankfurt hatten alles vertuscht. Keine Ahnung, wie die das gemacht hatten, aber es funktionierte. Und »Das Massaker in der Pizzeria Tirana«, so hat es irgendein Klugscheißer vom Fernsehen oder der Zeitung genannt, wurde als Bandenkrieg der albanischen Mafia bezeichnet, in den ich zufällig hineingeraten war. Was irgendwie auch stimmte. Außerdem war da immer noch Astrid. Es war zwar nicht mehr ihr Job, aber sie half mir trotzdem, wo sie konnte. War auch bei jedem Gespräch mit Kowalski dabei und ging dazwischen, wenn seine Fragen immer bohrender wurden. Dann guckte Kowalski mich immer an, mit seinem Terriergesicht, als würde er mich am liebsten beißen. Aber er sagte nichts und ich musste mich zusammenreißen, nicht zu lachen.

Das Problem war, dass Omas Business ziemlich im Arsch war. Würde lange dauern, den Schaden und das Vertrauen wieder aufzubauen, sagte sie. Kowalski hätte sie auch gerne weggesperrt, aber auch hier fehlten die Beweise. Dass ein Irrer im Hawaii-Hemd plötzlich auftauchte und wie wild in der Pizzeria rumballerte, roch zwar sehr nach Mafia, aber weshalb sollte man Oma verhaften? Das Einzige, was sie schlecht erklären konnte, war, warum alle ihre Angestellten bewaffnet waren. Aber eine Anklage wegen illegalem Waffenbesitz war kein Problem für die Anwälte von Oma. Es gab eine Geldstrafe.

Das Samurai-Schwert wurde konfisziert und ich hab keine Ahnung, wo es abgeblieben ist. Wahrscheinlich liegt es immer noch in irgendeinem Keller bei den Bullen.

Dann kam die Beerdigung von Tuncer und Mark und ich wollte unbedingt hin. Ist schon komisch, dass bei allen Toten die beiden mir besonders zusetzten. Die Leichen von Avni und Adnan und den anderen Angestellten von Oma wurden nach Albanien zu ihren Familien gebracht. Kims und Bimbashis wurden was weiß ich wohin gebracht. Dass die Beerdigung von Tuncer und Mark jetzt erst passierte, lag daran, dass die scheiß Rechtsmedizin ewig für die Obduktionen gebraucht hatte.

Bei der Beerdigung hatte ich ein schwarzes Kleid an und trug eine große, dunkle Sonnenbrille, obwohl die Sonne nicht schien. Aber so macht man das eben als Untote. Licht mögen wir nicht.

Bella kam mit mir. Im Gegensatz zu mir hatte sie es richtig genossen, im Mittelpunkt zu stehen. Als die Journalisten von Fernsehen und Zeitung kamen, sagte sie ihnen alles, was sie wissen wollten, natürlich nur Sachen, bei denen wir die Opfer waren. Ich stand daneben, rauchte eine Zigarette und sagte nichts. Bella sollte ihre 15 Minuten Ruhm bekommen. Sie hatte es sich verdient.

Bei der Beerdigung sah ich aus dem Augenwinkel Tuncers und Marks Eltern. Sahen unglaublich alt und unglaublich traurig aus. Aber ich bin nicht zu ihnen gegangen. Hätte auch nicht gewusst, was ich sagen sollte. Aber als es vorbei war und alle schon abgezogen, stand ich noch lange an den Gräbern. Ich sagte Bella, dass es schon okay wäre und sie ohne mich gehen könnte.

Dann hab ich mich von ihnen verabschiedet. Dachte an damals und es tat mir leid, dass ich immer geglaubt hatte, sie wären Idioten. Ich dachte daran, wieviel Spaß wir zusammen gehabt hatten. Das war ein guter Gedanke.

Ich merkte plötzlich, dass jemand hinter mir war. Eine Untote merkt sowas. Ich drehte mich um und da stand Thorben.

»Hallo, Cheyenne!«

»Hallo, Thorben!«

»Ich dachte, wir könnten ein Stück zusammen gehen.«

Und das machten wir.

Wir redeten eigentlich nicht viel. Thorben fragte mich, wie es mir geht und ich sagte, ich komm schon klar. Und er sagte: »Das bist du doch immer, klargekommen, meine ich.« Ich musste lächeln und merkte, dass ich ihn sehr gern hatte. Ohne ihn wäre ich nie auf die Filme gekommen. Obwohl, wer weiß. Jedenfalls war es ein gutes Gefühl. Ich war nicht mehr verliebt, auch nicht mehr sauer auf ihn. War wahrscheinlich zu viel anderer Scheiß passiert. Kurz stellte ich mir vor, wie wir zusammen durch die Welt ziehen würden. Eine Untote und ihr Helfer, der ihr immer neue Opfer bringen musste. Komische Vorstellung!

Dann umarmten wir uns zum Abschied. Ich sagte ihm, er soll

seinen Vater grüßen, aber nicht seine Mutter. Er grinste, drehte sich um und ich sah ihm hinterher. Da ging er, zu seiner Uni, seinem Gelaber, seinen Mathildas und Annabells, seiner ganzen tollen Zukunft.

Den Job bei Best Price Fashion hab ich geschmissen. Ich konnte einfach nicht mehr hingehen. Erst recht nicht als Untote. Astrid seufzte nur und zuckte mit den Schultern, als ich ihr das sagte. Es sah ein bisschen so aus, als würde sie sagen wollen: »Na ja, ich habs versucht!«

So machte ich eine Zeit lang weiter. Astrid wollte, dass ich Therapien mache und in eine Einrichtung gehe, um alles aufzuarbeiten, was passiert war. Aber ich wollte nicht. Erst viel, viel später war ich bereit dafür.

Die Zeit verging. Ich merkte es kaum, weil Zeit ja auch für eine Vampirin nicht wichtig ist. Es wurde Sommer. Ein klebriger, heißer, unendlich langer Sommer. Ich verbrachte viel Zeit nachts auf Spielplätzen. Saß auf einer Schaukel und starrte ins Dunkel. Herbst und Winter kamen und gingen. Der Staat gab mir Geld für Essen und so, um zu überleben. Wegen dem was passiert war und weil sie mit Astrid gesprochen hatten, ließen sie mich lange in Ruhe. Aber ich wusste, es konnte nicht ewig so weitergehen. Irgendwann sprach ich nochmal mit Troy über den Plan, den wir mal gemacht hatten. Damals, nach seinem Einbruch bei Best Price Fashion.

Wieder war Frühling und dieser irre Geruch in der Luft, als wollte alles nur noch vögeln. Aber ich war keine Idiotin mehr. Troy kam wie verabredet nach Hause und meinte, alles hätte geklappt. Er legte einen Umschlag auf den Tisch und ich guckte rein, nahm das Geld raus und zählte. Ich zählte dreimal. Es waren genau 17.542 Euro. Ich machte verschiedene Häufchen. Einen für Troy, einen für Bella, einen für mich. Ich war scheiß Robin Hood. Aber Errol Flynn, nicht Kevin Costner. Und auch nicht Russell Crowe.

Ich hätte gerne Oma und Astrid auch etwas gegeben, aber es war klar, dass sie es nicht genommen hätten. Astrid traute ich sogar zu, das Geld zur Polizei zu bringen.

Troy hatte in der Schublade im Büro bei Best Price Fashion eine Nachricht für meine Ex-Chefin hinterlassen. Darin stand, dass sie ja nicht versuchen sollte, das Geld wiederzubekommen oder Anzeige zu erstatten, sonst würde ich alles dem Finanzamt sagen. Sie sollte lieber Kowalskis Rat ernst nehmen und sich ein besseres Security-System anschaffen. Ich hab keine Ahnung, wie sie reagiert hat. Aber bis heute hat kein Polizist an meine Tür geklopft und wollte mich deswegen verhaften.

Dann gab ich Troy den Brief, den ich für Oma geschrieben hatte und ging mit ihm zusammen noch einmal alles durch. Als wir fertig waren, machte er Spaghetti mit scharfen Peperoni und wir saßen in unserer verdreckten Küche und fühlten uns scheiß gut.

Er ist dann mit mir zum Bahnhof gekommen. Ich hab nicht viel mitgenommen. Ein paar Klamotten, das Geld, das Solitaire-Spiel und *Die großen Regisseure und ihre Filme*. Am Bahnhof umarmten wir uns lange. Dann fing Troy plötzlich zu weinen an und sagte: »Du weißt es, oder?«

»Was?«

»Damals mit Papa. Ich hab ihn die Treppe runtergeschubst.«

Heute würde ich sagen, irgendwie hab ich das immer gewusst. Aber damals sagte ich nichts. Viel später, in den Therapien, meinten die Leute immer, dass mein Schwindelgefühl bei Treppen, meine Träume und David Lynch Hinweise meines Unterbewusstseins gewesen wären. Kann sein. Was weiß ich schon?

Wenn ich mich richtig erinner, sagte ich damals nichts, außer: »Machs gut, Troy!«

Der Zug kam. Ich stieg ein. Und dann floh ich aus meinem Leben wie eine echte Vampirin.

MEINE VAMPIRJAHRE

Die nächsten Jahre waren schnell, zu schnell eigentlich. Kann mich kaum an alles erinnern. Ich trieb mich in Städten und Ländern herum. Auf der Suche nach, ich weiß nicht was. Vielleicht suchte ich ein Leben, in dem es nicht darum ging, nur immer mehr Scheiß zu kaufen. Vielleicht kam ich auch nicht gut klar, nach allem, was passiert war und war deshalb so unruhig. Jedenfalls blieb ich nirgendwo länger. Bin ziemlich viel rumgekommen in Europa. Das Geld, das ich aus Schwarzstetten mitgenommen hatte, war natürlich irgendwann alle. Es waren genau 8.133 Euro gewesen. Als es knapp wurde, nahm ich irgendwelche Jobs an. Ich lernte die Sprache von dem Land, in dem ich gerade war, auf der Straße. Gerade genug, um irgendwas zu arbeiten. Ich war Putzhilfe, Kellnerin, Verkäuferin und was man eben sonst so machen kann. In Spanien war ich Mädchen für Alles auf einem Campingplatz, in Frankreich im Roomservice in Hotels. Genauso wahllos wie meine Jobs, waren die Männer, die ich hatte. Wenn mir jemand gefiel, blieb ich eine Weile bei ihm, saugte ihn aus und dann warf ich ihn weg.

Aber ich entdeckte auch etwas Neues. Ich begann Online-Poker zu spielen. Es war irgendwie ein bisschen wie Solitaire und langsam, aber sicher, wurde ich immer besser. Und das nur, weil ich an Omas Ratschlag dachte, dass man aufpassen muss, sich nicht selbst zu bescheißen. Ich fühlte mich immer noch wie eine Untote, aber ich wurde eine Untote, die ganz gut verdiente. Jedenfalls hatte ich plötzlich Geld, wenn es beim Poker gut lief. Wenn ich eine Pechsträhne hatte, musste ich wieder irgendwelche Jobs annehmen. Aber ich schaffte es, einen gewissen Standard zu halten.

Dann, als ich mich gerade für eine lange Pokernacht bereit machte, kriegte ich plötzlich eine E-Mail von Troy. Oma war gestorben. Die Beerdigung war nächsten Montag. Ich hatte keine Ahnung, was für ein scheiß Tag gerade war und musste erstmal nachschauen. Ich schrieb meinem großen Bruder, dass ich kommen würde, aber meine Pokernacht war gelaufen. Ich versuchte es trotzdem, riskierte zu viel und verlor wie eine Idiotin.

Ich wusste nicht mehr, wie lange es her war, dass ich aus Schwarzstetten abgehauen war, aber mindestens drei oder vier Jahre. Troy holte mich vom Bahnhof ab. Und ich dachte, ich seh nicht richtig. Mein Bruder hatte einen schwarzen Anzug an und fuhr eine Stretch-Limousine. Fragte ihn, ob er das alles jetzt extra für die Beerdigung geliehen hatte, aber Troy meinte, Nein, er hatte einen Stretch-Limousinen-Service in Frankfurt aufgezogen. Er chauffierte alle möglichen Leute, meistens Junggesellen- und Junggesellinnenabschiede oder irgendwen, der für eine Nacht so tun wollte, als wäre er reich. Manchmal, aber nur ganz selten, chauffierte er auch einen Promi. Insgesamt schien es ihm ganz gut zu gehen. Er kiffte weniger, war zufrieden mit seinem Leben. Auf der Fahrt lehnte ich mich an ihn.

Bei der Beerdigung waren ein paar bekannte Gesichter. Und ein paar, die ich nicht kannte. Troy meinte, es wären neue Angestellte von Oma. Keine Betongesichter. Sie sahen ziemlich normal aus. Nach Bimbashis Tod war das Business wohl krass durcheinandergerüttelt worden. Es gab Kriege um die Nachfolge und meine Oma konnte tatsächlich ihr Geschäft nicht mehr so aufziehen wie früher. Die Zeiten hatten sich geändert. In den letzten Jahren lebte sie vom Pizzaverkauf. Troy meinte, er hätte gemerkt, dass sie es gar nicht so schlecht fand, aber sie hätte sich auch gelangweilt. Dann wachte sie eines Morgens nicht mehr auf.

»Wie alt ist sie eigentlich geworden?«, fragte ich Troy.

»Keine Ahnung! Ist das wichtig?«

So standen wir am Grab meiner Oma und ich dachte an sie, die dem Arschloch Enver Hoxha entkommen war, dachte auch an Opa, den Kommunisten, den ich nicht kennengelernt hatte und plötzlich waren sie alle wieder da. Die Toten. Sie winkten mir zu. Nur Hawaii-Hemd nicht. Ich hoffte, er würde in der scheiß Hölle schmoren. Ich dachte an Oma, die vom Kommunismus in den Kapitalismus gegangen war und fragte mich, ob sie glücklich gewesen ist. Ich glaub, sie hätte gelacht, hätte ich sie das direkt gefragt. Und dann hätte sie sowas gesagt: »Du bist selbst dafür verantwortlich, ob du dich glücklich fühlst.«

Ich hatte ihr damals, als ich abgehauen war, diesen langen Brief geschrieben. Hab nie erfahren, was sie darüber dachte. Troy wusste es auch nicht. Er hat ihn nur abgegeben. Ich hab darin versucht, zu erklären, warum ich weggehe, obwohl mir das selbst nicht so klar war. Aber ich denke, sie hat schon verstanden. Stellte mir vor, sie hätte sowas gedacht wie: »Mach nur, Cheyenne. Du wirst deinen Weg schon gehen. Du bist eine Kriegerin.«

Kowalski war auch bei der Beerdigung. Er blitzte mich nur von Weitem mit seinem Terrierblick an. Wir redeten nicht. Worüber auch?

Bella fiel mir in die Arme. Sie war inzwischen Friseurin und hatte eine Stelle in Frankfurt. Für eine Nacht feierten wir Wiedersehen. Troy, Bella und ich. Wir tranken und redeten und rauchten und kifften und fühlten uns großartig. Troy fragte mich, was mit der Pizzeria geschehen soll? Sie würde ja jetzt uns gehören. Ich meinte, ich will sie nicht haben. Verkauf sie und steck das Geld in die Stretch-Limos. Er freute sich und gab mir einen Kuss. Es ging viel um Oma und was für eine toughe Frau sie gewesen war. Mit Bella redete ich über Tuncer und Mark und unsere Zeit damals. Aber es war nicht traurig, es war gut.

Ein paar Tage später bin ich dann wieder gefahren. Wieder ohne Ziel. Wenn es beim Pokern gut lief, hatte ich Geld, wenn ich verlor, hatte ich keins. So ging mein Leben auf und ab. Wie ne scheiß Achterbahn. Das Gute war, ich dachte nicht mehr an Frankfurt, Hawaii-Hemd, Pottschnitt, Bimbashi und all die anderen. Ich fing wieder an, mich durch die Gegend zu vögeln. Zweimal hab ich einen Heiratsantrag bekommen.

Das erste Mal von einem Koks-Junkie namens Angel. Er kam aus Kolumbien und ich lernte ihn in Barcelona kennen. Als ich mich auf den Ramblas rumtrieb, sprach er mich an. Meinte, er hätte noch nie eine so schöne Frau wie mich gesehen. Bisschen schmierig. Aber ich mochte seine Augen. Du hast seine Augen gesehen und wusstest, er war total irre.

Wir blieben drei Monate zusammen. Dann machte er mir einen Antrag. Redete irgendwas von Las Vegas und Elvis-Pfarrer. Da war ich weg.

Das zweite Mal wollte mich ein Deutscher heiraten. Er hieß Matthias und ich lernte ihn in Biarritz kennen, in einer Bar, wo ich kellnerte und er Urlaub machte. Er war Elektriker und ein ruhiger Typ, der sagte, er wollte Kinder mit mir. Er stellte sich ein Haus mit Garten vor, wo unsere Kinder und unser Hund spielen würden. Er käme von der Arbeit nach Hause und ich hätte das Essen fertig. Ich hab ihm dann gesagt, dass ich für sowas zu jung bin.

Ich hatte auch manchmal was mit Frauen. An Beatrice erinner ich mich sehr gut. Ich hab sie zum ersten Mal in einer Aufführung von *Geschichte(n) des Kinos* von Godard gesehen. Dieser Film, den alle kennen und den Keiner komplett gesehen hat. Ich auch nicht. Ich lernte nämlich Beatrice in der Pause kennen, als sie gerade einen Mangosaft trank, danach schauten wir nicht weiter, sondern gingen in eine Bar. Ich weiß nicht mehr, wie alles anfing, aber plötzlich unterhielten wir uns über Filme. Sie kannte sich mindestens so gut aus wie ich. Na ja, okay. Sie hatte so ihre Wissenslücken, besonders bei Horror und Western. Dafür kannte sie sich besser mit der Blaxploitation-Ära aus.

Wir verbrachten einen scheiß geilen Sommer in Südfrankreich, kellnerten und waren viel an den Stränden. Was wir da erlebt haben, wäre eigentlich ein eigener Film. Beatrice liebte französischen Rap, ich zeigte ihr Kimya Dawson. Sie kam aus Guinea und hatte Probleme mit ihrer Familie. Irgendwann stand plötzlich ein großer Mann, der Ähnlichkeit mit ihr hatte, vor unserer Unterkunft, die nicht mehr als ein Loch mit Klo war. Es war ihr Bruder und er wollte sie mit sich nehmen. Sie wehrte sich. Und ich half ihr. Er war viel stärker als wir. Aber ich kannte mich aus mit großen Männern. Wir konnten uns ziemlich gut verteidigen. Dann hatte Beatrice plötzlich ein kaputtes Glas in der Hand und meinte, sie würde ihn umbringen und dann sich, aber sie würde auf keinen Fall mit ihm kommen. Ihr Bruder fing an zu schimpfen in einer Sprache, die ich nicht verstand. Dann ging er. Beatrice meinte später, er hätte mit ihr Malinke gesprochen. Danach wurde sie immer stiller und meinte irgendwann, sie muss mich verlassen, es wäre nicht sicher für mich. Ich sagte, dass mir das mit der Sicherheit scheißegal wäre, aber sie glaubte mir nicht. Als es Herbst wurde, trennten wir uns und ich wurde scheiß traurig. Ich dachte, es müsste sich irgendwas ändern. Also machte ich den Plan, meine Vampirjahre hinter mir zu lassen und wieder ins Leben zurückzugehen. Ich suchte mir eine Stadt aus, mit dem Finger auf der Landkarte, wo ich bleiben wollte. Wirklich! So wars! Ich schwöre!

So kam ich hierher. Und ich hab es bis heute nicht bereut.

Ich spielte weiter Online-Poker und verdiente ganz okay. Und ich fing an, mich um meine Psyche zu kümmern. Es hat scheiß lang gedauert und war scheiß anstrengend. Aber es hat sich gelohnt. Ich hab auch bis heute nicht das Gefühl, ich müsste wieder eine

Vampirin werden. Ich bin keine Regisseurin geworden, auch keine Drehbuchschreiberin. Genauso wie Harold nie Wrestler war. Aber er hatte wohl recht. Ich bin eben etwas anderes geworden und irgendwann gibt es kein Zurück mehr.

Und jetzt sitz ich hier und überleg, ob ich gleich hoch gehen soll, bei Gita klingeln und eine Tasse Tee trinken. Aber ich denke, ich bleib noch ein bisschen hier sitzen.